雁部貞夫自選歌集

Karibe Sadao

わがヒマラヤ

——オアシス・氷河・山々

青磁社

十五シーズンに及ぶパキスタン辺境の踏査に同行した妻輝子ならびに山友二十五氏、
ブルハーン・ウッディーン殿下（チトラール藩王家）及び、バブー・モハメッドらチトラール衆に本書をささぐ。

＊目次

崑崙行

歌集『崑崙行』より全編収録　二〇〇首所収
昭和四十一年（一九六六年）―平成元年（一九八九年）

辺境の星

歌集『辺境の星』より全編収録　三五九首所収
平成元年（一九八九年）―平成八年（一九九六年）

琅玕（抄）

歌集『琅玕』より抄出　一九六首所収
平成九年（一九九七年）―平成十三年（二〇〇一年）

ゼウスの左足（抄）

歌集『ゼウスの左足』より抄出　二三八首所収
平成十四年（二〇〇二年）―平成十七年（二〇〇五年）

山雨海風（抄）

歌集『山雨海風』より抄出　一二三首所収
平成十七年（二〇〇五年）―平成二十三年（二〇一一年）

終　章（既刊歌集未収）　平成二十七年

雁部貞夫自選歌集

わがヒマラヤ

——オアシス・氷河・山々

妻輝子をはじめ、カラコルム、ヒンドゥ・クシュ山脈、さらに西域各地へ同行の友二十二氏にささぐ

崑崙行

本書をコヨ・ゾムに逝きし同行の友
橋野禎助、剣持博功　両君にささぐ

一、チトラル行　一九六六年

香港より広州を経てダッカへ（三首）

大陸より香港に入る貨車の列家鴨豚鶏限りなく積む

ねむの林のかげに水牛も人も寝る人民公社の真昼を来れば

布袋草水に豊かに浮かびつつブラマプトラに雨季近づきぬ

ペシャーワル・キサハニ・バザール（六首）

炭火あふぎ羊肉手早く串打ちぬ立ち働くはみな少年にして

葡萄杏桑の実うづたかき路地の店蠅散らしつつ秤にかける

大きなる釜するゐ皮なめす一区画立ち働くは蒙古系なり

油の香ハーブの香しるき路地尽きて真白き塔は天《あま》そそり立つ

天に響く楽かと聞けばはるかなる白き塔にてコーラン唱ふ

楽に似て空に祈りの声ひびく大理の塔の上に人ゐて

チトラル北郊、ドロムツの丘で*（四首）

木の下に笛吹きゐたる鬚白き人も祈りぬ夕べとなれば

しろがねの如き月出づ我がめぐりにアラーたたふる声ひびきつつ

篠懸《チナール》の下に額づき祈る影空たかだかと月は輝く

怠惰なる辺境の民といふなかれ水負ひ麦負ひかくいそしむを

＊ チトラル藩王家のシャーザダ・ブルハーン・ウッディーン氏の居館がある。氏の知遇を得て、以後再三チトラルへ入域。

キャラバン、奥地へ（十一首）

チトラル河を高く捲きつつ進む道行きあふ驢馬はみな塩を積む

岩陰に乏しく湧ける泉あり驢の側らに人も水飲む

人通ふ路より高く水路あり切り立つ巌巧みにうがつ

鞭振りて少年ひとり驢馬を追ふ驢馬の多くは岩塩になふ

ひぢの上に鷹とまらせて歩み来る眼《まなこ》みどりの少年ひとり

木蔭なく水なく塩凝る荒野行く若き玄奘の越えにし道か

さまざまの国の硬貨《コイン》が手向けあり聖者の墓に我もぬかづく

家々にアラーに祈る高き声サラリチ山＊の晴れたる夕べ
＊サラリチ（六二二五米）はリッチ・トリコー地方の名山。未踏峰。

麦の穂を牛に踏ませて人収む氷河輝く夕ぐれの村

桑の木のかげに安らかに今宵寝む氷河かかりし山に陽が落つ

月明かく桑の木末に出でたれどサラリチ山になほ夕陽照る

ジワル・ゴル谷途上（四首）

ポーターのしぼりて来たる山羊の乳いまだ温きを一息に飲む

国境に近き氷河に節太き野生山羊《アイベックス》の角を拾ひぬ

幹白きポプラはあくまで高く伸ぶ限りなく澄む空に向ひて

吹き抜ける風に実落とす桑のかげ驢と騾と馬と我とやすらふ

チトラル帰還（三首）

朝々の目覚めにポプラのそよぐ音人住む谷に帰り来りぬ

チトラルの峡去る今朝は秋の祭銃《つつ》の響きは谷に轟く

秋の稔り喜ぶ銃の轟きよ峡《ゴルジュ》の奥に長くこだます

東パキスタン出国（一首）

雨季明くる熱帯の雲美しく我が目の下の三角洲《デルタ》に立てり

二、コヨ・ゾム登攀行　一九六八年

ヤルフーン河を溯る（八首）

インダス河二たび三たび名を変へてやうやく檉柳《ぎょりゅう》の花繁くなる

くれなゐの光の中に人祈る風に揺れゐる篠懸の下

虫の音はいづこの国も声やさしランプ置きたる枕辺去らず

子をいだく女を乗せし白き馬塩凝る丘をはるか越えゆく

砂煙たてつつ羊の群移る乏しき草を谷に求めて

おほらかに草萌ゆる山起き伏していま閉ざされし隊商路見ゆ

伽藍の如き巌巡らす谷底のひとつ泉に蝶はまつはる

少年は鶏《とり》下げ峠越えて来ぬ日本の目薬欲すと言ひて

コヨ・ゾム登攀（九首）

氷塔の間《あはひ》にピッケル振ふ友砕けし氷陽に映えて飛ぶ

雪はらひ蒼き氷にピトン打つしばし我らの体支へよ

時おきてザイルは強く我が掌引く君の呼吸を伝ふるがごと

セーター二枚羽毛の上衣と重ね着つ凍てし氷河に薄明待つと

行方絶ちし友らの名をば呼ばひつつ凍てし氷河にひとり立ちゐつ

氷河のいづこにいかなる言葉交しけむ命のきはを知る人もなく

ポプラそよぎ柳の穂絮風に飛ぶ人住む谷にいまは帰らむ

五千八百米の高所にパイプくはへゐし君のすがしき笑み忘れめや

氷斧振り勇みて谷へ入りゆけりとはの別れと知るすべを無み

カブールにて（三首）

ジャスミンの花に囲まれ静かなり探検家マルク・アウレル・スタインの墓

孤独なる一生《ひとよ》伝へし碑も読みてサモワール光る茶店《チャイハナ》にゐる

心寂しき宵々ありてかざしみるウイリッシュ老の鍛へし氷斧

ヒマラヤより帰りし我が手取りましきすでに足なえゐたるベッドに

（五味保義先生）

三、ガンダーラ巡礼行　一九八〇年

ペシャーワルからタフテ・バイ、タレリ山上寺院（九首）

見はるかす檉柳《ぎょりゅう》の並木風絶えて人も駱駝も真昼ただ寝る

インダス河より遠く水引き育つもの火焔木アカシア印度菩提樹

行き行きていづこに至るひとつ道檉柳のかげに駱駝もいこふ

古の乾陀羅《ガンダーラ》城は甘蔗畑の彼方にて童子水牛にのりて現はる

蓮根を食らふ習のありやなし今し昔の烏仗那《ウジャーナ》国に入る

玄奘記ししここに法絶えて千二百載ひとつ泉と仏塔残る

石の壁崩れし跡にみ仏を彫りし石くれ我が拾ひ持つ

山上の結界の跡広くして残りし塔に夏草にほふ

幼くて祖母に聞きたる捨身飼虎刻みし岩が我が前にある

スワート河に沿ひて（六首）

羊の皮筏となして渡りくる櫂取るは全裸の少年二人

水上に残る夕べの朱の色沙門法顕たどりし道よ

菩提樹のかげに老いたる兵士来てチャンドラ・ボースのこと語り合ふ

山と積み君のすすむる羊肉骨ある塊は諸手して食ふ

断食月《ラマザーン》果てし今宵ぞ卓かこみ山なす羊肉飽くまで食はむ

断食月明けし朝よ幾百もの人らことほぐ銃《つつ》の轟く

四、崑崙行　一九八五年

北京にて（七首）

軽雨一過北京の朝の路たのし鳥のさへづり槐花の香り

雨過ぎて路にこぼるる白きをば馮君めざとし槐花《クワイホワ》と告ぐ

新本と古書と分たぬ書棚より温飛卿詩集箋註を得つ

紺の帙解けばたちまち我が眼射る少年狂遊狭邪の文字

大理石の壇踏みしめて祈りしか香妃《シャンフィ》愛でし乾隆帝も

瑠璃の色あくまでも濃く楼浮かぶ乾ける国の夏の光りか

北京の若者は昼でも飲みますよ馮君易々と火酒を飲みほす

北京より烏魯木斉《ウルムチ》、そして吐魯番《トルファン》（九首）

水涸れし河谷きざめる山並みの廃墟の如し空より見たり

あくまでも乾ける大地の上を飛ぶ光る二筋道路と河と

果てしなき戈壁《ゴビ》のいづべに追ひ及かむ地平にゆれる蜃気楼《ミラージュ》の森

首のべて草食《は》む駱駝のこぶ小さし沙漠を遠く旅来しといふ

石のごと堅くなりたるチーズ食む嚙めば駱駝の乳の匂ひす

吐魯番《トルファン》の朝ひとひらの雲浮かび濃きくれなゐは空にみなぎる

大き羽根傾け鷲の飛び巡る天山見ゆるこの戈壁《ゴビ》の空

たをやかに裳裾なびかせ旋舞する女しきりに笑み送りつつ

白銀と黄金と珊瑚きらめきて眼みどりの少女旋舞す

庫車《クチャ》・亀茲《キジル》千仏洞（九首）

夕映の果てなき大地走りきて烽火台あり月上りゐぬ

月上る沙漠ひたすら走りゆくキジル千仏洞をわれに見しむと

窟の鍵開くる即ち我がめぐり色鮮かに緑衣の飛天

修行僧身ひとつ容るる龕《がん》並ぶ地下の暗きに眼こらせば

驕りたる者の掠める惨説けどあに壁画のみ民族も国も

頭部ベルリン顔はロンドン御手は京都この窟に仏の脚のみ残る

海蛤の如き二尺の玉記すいづこに見しや玄奘三蔵

玄奘記しし仏足復跡たづねゆく土壁ぶあつき伽藍の跡を

天山の雪水百里引きてきてカレーズの水ただに澄みたり

カシュガルにて（六首）

現《うつつ》にもこしカシュガル天山も崑崙も見ず沙吹きすさぶ

街も並木も沙吹く嵐の中にあり流沙の国をはるかきたりぬ

清真寺前に盲ひし翁一人ゐて人去りしのちもルバーブ奏づ

哈密瓜《ハミグワ》の香り漂ふ街路きぬ夜半の明るさあやしみながら

たぎる油焦げる羊肉バザールにあくまで食らふ漢回蒙古

抑揚はげしき漢語に交じるタジック語驢追ひ馬追ひキルギスきたる

崑崙山中へ（十六首）

方百里いさごの中に道分かる北は天山みなみ崑崙

カラクル湖の岸辺の草にふた夜ねるふた夜ながらの半輪の月

山かげに寄りそふ如き湖二つ包《パオ》ありキルギスの少女出でくる

三つの国境集ふ雪嶺はるか見え人民公社に銃みがく兵

ポプラ吹く涼しき風に瓜を割く耶律楚材のうた思ひつつ

フェルト積む駱駝追ひ来し少年と煙草喫ひ合ふ湖に下りきて

草原に寝そべり笛吹く少年にたまゆら我が子の楼蘭思ふ

長安を目指しし玄奘も駱駝らも憩ひし湖か我も水掬む

沙嵐すぎるを待つと湖岸《うみぎし》の幕舎の中に息ひそめゐし

湖囲むなべて雪山あくまでも崑崙高し葱嶺広し

ともに行きしヒンズー・クシュに君ら果てひとり我が見る崑崙の雪

携へし写真の中の友も見よ湖囲み氷河の輝く山を

山へだててインダス河源ありといへど今行きがたし査証下りねば

ケルン積みかの日の写真納めたり崑崙の雪輝く真昼

さやうなら《ハラ・ホーシュ》と我に声かけ馳せ行きぬ白銀打ちし馬具光りつつ

崑崙のユルン・カッシュに採りし石乳の如くにくぐもるを見つ

蘭州から青海湖《ココ・ノール》へ、更に北京へ（五首）

青蔵公路の峠に祈禱旗《タルチョー》はためけば我も祈らむ旅に平安《オンマニ・ペメ・フン》あれ

限りなき菜の花畑に蜜収む置ける巣箱の小さけれども

はるかなる旅も終はるか青海湖《ココ・ノール》の塩凝る岸に現《うつつ》にゐたり

血の色に輝く石をもてあそぶ買はざる客と見すかされつつ

帰りつきし北京の夜明け靄の上に瑠璃と輝く鼓楼のいらか

五、チトラル・ティリチ・ゴル行　一九八七年

カラチ、クリフトン海岸（六首）

沖も汀もただに灰色のしぶき立つ今日来り見るアラビア海は

赤錆びし船の残骸直立すただ灰色に海荒るるなか

暗鬱なる海と思ふに汀来て膝折る駱駝の瞳はやさし

灰色の海に基督立たしめし画家思ひゐきカラチの海に

足の胼胝《たこ》削れと迫る男ゐるかかる商売も成り立つ国か

幾千か雀群がる太木あり沙漠紫にくれてゆくとき

ペシャーワル烈日（四首）

神の摂理といふも或る時狂へるか気温四十五度超えたる街はスコールを待つ

路地一つ隔てて民族異れり皮なめす蒙鉄打つプシュト

愛ある者のみ入れと刻みしペルシア文字モスクに仰ぐ信なき我ら

靴下げて入りゆく寺院《モスク》の真昼どき人は祈らず眠りたのしむ

チトラル・ドロムツの丘（十一首）

一面に川霧こめし対岸にムジャヒディン＊らの朝駈ける影

＊ムジャヒディンとは、アフガン・ゲリラの戦士の意

銃捧げ駆ける蹄の響きゐつ国境近きオアシスなれば

家々にアラーたたふる声起る月の光りのくまなき夕べ

谷々に夕べの詠唱《アザーン》こだまして月の光りはいよいよ清し

この丘に宵々月の上る見き詠唱《アザーン》潮の如く起りて

若ければ競ひのぼりし篠懸《チナール》の太木残りていま友らなし

弾力保つザイルも靴も二十年前のまま空気乾けるこのオアシスに

篠懸の木下に日本人の墓ひとつ銘なきことを我は悲しむ

まだ小さき柘榴一顆手向けたり我が知る人の文字なき墓に

このオアシスに君の残せる氷斧あり二十年へて保つ光りか

亡き君のハーケン一枚拾ひ上ぐゲスト・ハウスの崩れし跡に

ティリチ谷途上（六首）

薄絹の如くはかなく雲流るポプラ繁りし谷のぼるとき

ほしいままにしぶきを上ぐるティリチ河あかず見入りぬ遠く来しかな

黒き傘かざして遊牧の民来る霧降る街の紳士の如く

ヒンズー・クシュの谷深く来て見るものか占領下日本製と記しし茶碗

ふち割れしもひび入りしもおほらかに使ひゐつ或る碗は小さき鎹《かすがひ》打ちて

柳の絮陽にきらめきて漂へり氷河のすそに近づく朝

シクニャック野営地（六首）

氷河のすそにわづかな緑も心ひく今宵宿らむシクニャックの森

明日は踏まむ氷河さまざまに語りつつ樺の林にわく水かこむ

野営地にかがり火目守《まも》り時たてば月のきぬがさ傾きそめつ

尾を曳きて谷の空きる星いくつ地軸傾く如き錯覚

ポーターの寝息こもごも聞えつつ我は尾を曳く星数へゐる

白き馬漂ふ如く歩み来て月の光りに地の塩をなむ

ヒンズー・クシュの只中で（十首）

樺の林越ゆればば薔薇《ばら》の茂みなり花は朝《あした》の露をとどめて

あへぎつつ登ればハーブの香り満つ氷河迫りし山の斜面に

氷河みどりに岩くれなゐの光帯ぶ峠に立ちしわれらの行く手

風にのり祈りはるかに聞えくる神は唯一アラーは偉大と《イル・アラー・ピスミラー》

ほとばしる氷河のしたたり手に受けて伏して大地に人は祈るか

先立ちて切り立つ氷に道刻むナビ・カーンはひとり寡黙な男

朝宵に流路を変へるたぎつ瀬のほしいままなる勢ひはよし

若き友に遅れおくれて行く氷河岩の温みは我《わ》をなごましむ

雲やぶりあやしきまでに光り満つ氷河究めむ心さだまる

鋼の如くいつかしき山並び立つとはなる月の光りの中に

山中八月十五日（七首）

波羅蜜に自ら染めし僧衣着て君は戦さの跡巡りゐむ

高度五千やうやく我の息あらし白く凍てたる氷河の中に

氷河湖に朝々うすき氷はり我が四十九の夏ゆかんとす

雷《らい》の音轟き風は吹き抜ける氷河のはきし土砂捲き上げて

たゆき脚引きて小さき峰に立つ我が四十九の夏のしるしに

いかづちの音重々と木霊して我ひとり居り氷河の中に

いく度か氷河に落石の音はじけ濃霧《ガス》迫る中ひたすら下る

下山、そしてオアシスの村（五首）

塩味こき紅茶に我らなじみつつあかね秋づく山下るべし

雲やぶり光りの柱野に立てりレンブラントの光り思はむ

少年の日に旅来し我を見しといふ杏盛《コバニ》りたる盆捧げ来て

ぬば玉の夜風ジャスミンの香を伝ふ空に眉引く月かかりゐて

狭き座席《シート》に正座し祈る巡礼者イスラムの国遠ざかる上空にして

遺品将来（四首）

泪して遭難告げし日もはるか相会ふ今宵皆髪白し

ヒンズー・クシュより還りしザイル分かち去る逝きし友らの老いしはらから

沙漠に消ゆる河になるなとさとされし或る日の葉書大切に持つ

ほしいまま過ぎしといへど我が二十年はかなし沙漠を行く河に似て

マルク・アウレル・スタインを憶ふ（十首）

ハンガリーの国籍捨てしスタインの猶太人《ユダヤ》の故と聞けば悲しも

幼き日ゲットー出でしスタインの墓碑読みゐたりカブール外人墓地に

「誰からも愛されし人」と記す文字一生《ひとよ》めとらずカブールに死す

死の床にをとめの写真秘めおきし八十七歳のスヴェン・ヘディン

湖の亡ぶる姿を映し出す九百二十キロの高き空より

人来り甘茶そそぐを見つつ思ふかの国の誕生仏は天指ささず

中央アジアは故郷ならずと嘆きたる文貼りてありわが得しスタインの書に

我がためにせり落とされし小紙片セピア色の文字清々とスタインの自署

戦車つらねカブール撤退せりといふスタインの墓全けくてあれ

地雷踏み果てし日本人も忘られむ今朝聞くアフガン撤兵の報

スペインの盃（一首）

山の清水ともに掬まむと妻の得し皮にくるみしスペインの盃

六、ヒマラヤニスト頌　一九八九年

ヒマラヤニスト頌（十首）

妻捨てしそしりに耐へつつ魂《たま》こめてヒマラヤ書きし一生《ひとよ》尊し
（深田久彌先生）

痩せ痩せて鬚も真白になり給ふバルトロの氷河究めし七十三翁
（'77年夏、ピンディの宿で、吉沢一郎氏）

老い呆《ほ》ける日の迫ればと惜しむなくヒマラヤの地図あまた給ひぬ
（諏訪多栄蔵氏）

山に逝きしみこの面影いだきつつ長江生《あ》るる源に立つ
（松本征夫博士）

会社ひとつ失ひしこと嘆くなし倦まず臆せずヒマラヤをゆく
（新貝　勲氏）

深田先生黄泉《よみ》に盃あげてゐむ「ヒマラヤ文献目録」よみし給ひて
（薬師義美氏）

赤銅《あかがね》の色に輝く顔も親し低圧室訓練の効果を今日も説き止まぬかな
（原　真氏）

新たなる高峰一座見出でしと声は自づと喜びにわく
（宮森常雄氏）

課長職捨ててK2に行きしかな花のごとほほ笑む妻を家に残して
（原田達也氏）

息絶えむばかりテントに倒れ込む高みを踏みて還り来し友
（広島三朗氏）

以上　二〇〇首

紀行三篇

一、チトラルの旅（一九六六年）

一九六六年（昭和四十一年）の夏、ぼくは早大時代からの友、小田川兵吉君と二人きりで、パキスタン西北辺境のチトラルへ山登りに行った。

　ここは、長い間ぼくの憧れの土地であった。昔、あの「大唐西域記」で有名な玄奘三蔵も、印度からの帰途、チトラルからパミールへ越えたようだ。近代の大探検家スタインも、ここからパミール入りしている。チトラルは、中央アジアを志す者にとって、一度は行かねばならぬ憧れの地というわけなのだ。

　七月二十九日、ぼくらは西パキスタンの最後の都会ペシャーワルから目的地チトラルへ向った。そして、小さな双発機の上から、はじめてヒンズー・クシュの山々を見た。東方はるかに魔の山ナンガパルバット（八一二五メートル）がバラ色にかがやいていた。

　やがて川べりの小さな空港に着陸すると、独特のチトラル帽をかぶった彫りの深い顔立ちの現地の人々が迎えてくれた。眼前に大きく、純白にかがやくティリチ・ミール（七七〇〇メートル）がそそりたち、チトラルの旅のプロローグとしては申し分のない光景だった。

　この空港を開いたチトラルの有力者シャーザダ・ブルハーン・ウッディーン氏の好意により、東京から送った登山装備の届くまで、氏の屋敷に滞在することになった。彼は戦前、チャンドラ・ボースひきいる印度国民軍に参加したとかで、大変な日本びいきである。

　彼の屋敷は、チトラルから北に十数キロはなれた、ドロムツという小さなオアシスにあった。庭の一隅にテントを張ってもらい、夜は野外の蚊帳つきのベッドで寝た。空港で知りあったヘルマン君も、そんなふうにして暮していた。この青年、ドイツ登山隊の一員としてフランクフルトからやって来た植物学者である。

　広い庭の下方は緑の牧草が茂り、牛や驢馬が草を食んでいる。ここには沢山のリンゴ、アプリコット（杏）といった果樹が植えてあった。この緑の豊かさが、不毛の地チトラルでは、そのまま、その人の富の程度を示すバロメーターになる。

＊

庭に数本の巨大な篠懸《チナール》の木がある。その木かげに大きなブハラの絨毯が敷いてあり、テーブル、ソファといった応接セットが置かれていた。雨が殆ど降らないので、冬以外は、ここがお客を接待する応接間兼食堂になるらしい。毎日、この木かげの快適な「応接間」で、日記をつけたり読書をしたり昼寝をしたりして楽しんだ。脚下にチトラル・オアシスの全景が見える。

夜の楽しみは明るいケロシン・ランプを囲んでの晩餐で、メンバーはぼくら日本人二人とヘルマン君、それにブルハーン氏である。

八時頃、篠懸の木かげから大きな月が上る。毎晩雲もなく、きれいな月夜がつづいた。

二時間近くかかる晩餐の献立は、次のようなものである。まずスープ（大てい鶏の）、次に鶏肉とジャガイモなどのカレー煮（鶏肉は唐揚げにしたり、蒸焼きにしたりすることもある）、それから主食であるチャパティ（小麦粉を水で練り、円形に伸ばして焼いたもの）、それから野菜をつかった料理（ホウレン草のようなものをいためたり、日本のごまよごし風にしたもの）、そして、お米を使った料理が出る。これも肉の入ったチキンライスふうのものとか、どろどろして甘味のついたおかゆなどだった。日本のようにねばり気のある米ではない。

デザートはこの地方名産のアプリコットや小さなリンゴ。そして食事の前後にお茶が出る。これも緑茶に砂糖を入れたものと、ふつうの紅茶で、大ていミルクをたっぷり入れたものだが、べつにチトラルふう紅茶といって塩を入れたものも異った味わいがあって面白い。人はなかなか信じてくれないが、ぼくらは毎日こうした紅茶を十五から二十杯飲んでいた。

一般のチトラル人の食事はずっと簡素で、ふつうはチャパティ、紅茶、果物くらいですませている。肉を食べるのは、ごくたまのことらしい。回教徒の国だから豚肉は絶対に食べないし、豚そのものもいない。

バザールへ行くと、大ていの日用品は手に入った。ある時、大きい石を積んで売っている店があったので聞くと、これが塩だというので驚いた。後で奥地へ旅に出てから行き会った隊商も、驢馬の背に岩塩を積んでいた。

バザールで安いものは食料品である。たとえば果物。一ルピー（当時約七十五円）出すと両手では持ち切れぬ程アプリコットが買える。逆に高いものは工業製品で、パキスタン製の粗末な懐中電灯など六百円以上もした。

チトラルの町に居た十日間に、二度飛行機がやって来た。山に雲が出たり風が吹いたりすると、欠航してしまうのだ。パキスタンでは、都市部でも、スケジュール通り飛行機が飛ぶことは、まれであった。昼に出る予定が真夜中になったりして、ずい分悩まされた。

ぼくらが首をながくして待っていた荷物が遅れたのも、一つはスローモーな事務処理が原因である。これにはずい分腹を立てたが、結局あきらめて、出来る限りの準備をチトラルの町でととのえることにした。

＊

八月六日、ぼくらは、四人のポーターと出発した。ポーターの給料は一日四ルピー、日本流にいえば、日給三百円ということになる。これで炎天下、毎日二十五キロの荷を背負い、食料は自分もちである。

ぼくらの目的は、チトラル川の左俣を進み、何年か前のイタリアのサラグラール登山隊（F・マライニ隊長）の跡をたどり、ジワル・ゴル谷水源付近の氷河地帯をさぐることにあった。

一行は強い日ざしの下を、ギルギットとチトラルを結ぶシャンドール街道を進んだ。かつて、スタインや、ヤングハズバンドたちの歩いた道である。右側は切り立った岩山、左手は数十メートル直下に、チトラル川の濁流が荒れ狂っている。

第一日目は、最初に出会った村、カリで泊った。川べりの胡桃の大木の下のベッドに寝る。ベッドといっても羊の毛で編んだ綱を張っただけの簡単なもので、これは近くの茶店《チャイハナ》で一ルピー払って借りた。

キャラバン最初の晩餐だというわけで、鶏を一羽奮発して（といっても一ルピー）旅の幸先きを祝う。うるさかった蚊も、夜明け頃はすっかり退散して快適だった。ポーターたちは着たなりのゴロ寝である。

早朝、奥地からやって来た同宿の旅人が、驢馬に荷を積み直して出発する。昼間は猛烈に暑いための早立ちなのだろう。ぼくらもこれに見習うことにする。目もくらむような直射日光は昨日一日で骨身にこたえている。村を出発する時、昨日知り合った村の高校生が、葡萄を持って別れを惜しみに来てくれた。乳のような形をした青い葡萄である。

三日目に、レシュン村の気持のよいゲストハウスに泊った。夕方、村長さんが英語の出来る通訳を従えて登場。日本人がこの村に泊るのは初めてというので、大勢の村人が見物にやって来る。

チトラルから七十キロ程北、チャルン村の入口で、シャンドール街道と別れた。これからマスツジ川（チトラル川上流）を渡り、第一の難関、カゴ・レシト高原を越えるのだ。いよいよ日本人未踏の地が始まる。

　馬の水飲み場以外一ヶ所の水場もなく、日かげが全くない。つらい道である。しかし眺望はじつに素晴らしい。右手にマスツジ川をはさんで、雪と氷で真白にかがやいているブニ・ゾム（六五五一メートル）連山の雄姿がくまなく見えた。左方はマスツジ川の左俣、トリコー川をはさみ、ヒンズー・クシュの最高峰ティリチ・ミール（七七〇〇メートル）が見える。短い草がまばらに生えているだけの高原を何キロも歩きつづけ、イスタル村に着いたのはもう夜だった。

　イスタルからは、ウエルカップ、レインなどの村々を通り、八月十日、ジワル谷《ゴル》入口の村、シャグラムについた。

＊

　帰国してから、よく食べ物に困らなかったかと聞かれるが、ぼくは現地食だけで全然不自由を感じなかった。朝晩はチトラル産の米（これは細長くてねばり気まったくなし）をたいて食べ、昼は村の茶店でチャパティと紅茶で簡単にすませた。ポットが空になる程たらふく飲んで一人一ルピー位の勘定である。それで足りなければ、どこの村でもアプリコット、葡萄、桑の実が豊富に手に入る。葡萄の大きな房を手にして、乾いたのどをしめしながら歩くのは楽しかった。

　エネルギー源は、毎日のように村で手に入れた鶏（一羽一～二ルピー）、これを通訳兼道案内の高校生ゴオラン君がスープその他に具合よく料理してくれた。

　泊った村々では、朝夕必ず村人たちが小さな寺院《モスク》で、アラーの神に祈る姿が見られた。時には村中の家から、まるで音楽のような祈りの声が聞えたりした。

　シャグラムの村では、羚羊《マークホール》の大きな角を壁にかけつらねたゲストハウスに泊った。ゲストハウスはどの村でも無料、庭に芝生があり、きれいな水が引きこんである。この村から北に川ぞいに二日も進めば、禁断の地ワハンの谷へ出られる。谷の奥に名前のわからない大きな山の一角がのぞいていた。

　小田川君は、この村の水がもとで、体調を崩したが、翌日はトリコー川を渡り、ジワル谷への入口の村ワシチに泊った。ここは友の体の回復を待つにふさわしい、ポプラの美しい村だった。

　これまで登山家の口に全く上ったことのないサラリチ山（六二二五メートル）の、神々しいばかりの雪のかがやきを間近に仰いだ。朝夕ポプラの梢に鳴る風は、すぐ北のパミールからやって来るのだ。この辺りまで来ると、さすがに日中でも涼しい。

もう一日、この村で休養することになった友を残して、ぼくだけ一足先きにジワルに入った。数年前のイタリア隊は、重い荷を背負ったポーターが転落するのをおそれて、この谷通しの道は歩かず、西に迂回してダクダク峠を越えている。

ワシチ村で、ハッキムという猟師《シカリ》を道案内に雇った。彼はヒマラヤの勇者といった感じで、三十キロに近い荷を背負い、踏跡も定かでない山腹のガレ場を巧みに先導した。この勇者、なかなかのダンディーで、休憩になると、鏡を見ながら文明国の女性たちがつけるアイシャドウを塗っていた。この辺の風習である。

＊

グラムシャールまでには途中なお二泊を要した。一泊目はイスティチという泊り場だ。ここは谷の左岸の、切り立った岩山にへばりついているわずかな平地で、羚羊を射ちに入る猟師の利用する岩小屋があった。

近くの川原に硫黄泉が湧いていて、ここで半月ぶりに体を洗い、さっぱりした気分になった。この夜は、寝袋に入った私をかこんで遅くまでポーターたちが土地の歌を唄ってくれた。その中に「八木節」に似た歌があった。

二日目の昼頃、谷の奥はるか、小さく雪に覆われた峰が現われた。この辺で最も高いサラグラール（七三四九メートル）であった。石がごろごろしている河床を進むにつれて、行く手のサラグラールが次第に大きく見えてくる。標高三〇〇〇メートルの地点で夜営。ポーターたちも着たままのゴロ寝は寒いらしく、盛大なキャンプファイアの傍で寝た。

この夜の民謡コンテストでは、ぼくの日本の「八木節」が好評だった。ポーターいわく「だんな《サーブ》はチトラルの歌をよく覚えたね」

翌日（八月十四日）午前中、一時間半程歩いて、とうとうグラムシャール高原にたどり着く。どうも昨日ポーターたちがゆっくり歩いたのは、日当値上げの意識的サボタージュだったらしい。彼等は四ルピーの賃上げを要求した。それをなだめすかして、いつもの日当に一、二ルピー余計に与えることにして、グラムシャールまで荷物を運ばせた。

＊

グラムシャールは予想通りの美しい高原だった。チトラルでは珍しい白樺の林があり、そこに狩人の岩小屋があった。小屋の脇にきれいに澄んだ沢も流れている。ドイツ人なら、きっと「お伽の原《メルヘン・ヴィーゼ》」と呼ぶ所だろう。理想的なベースキャンプ地である。

ゴオラン以外のポーターを、ここから村へ帰らせた。

チップとして、とっておきの煙草を数本ずつ与えると、二五〇本あった煙草も残り少なくなった。

静かになってしまったグラムシャールを、ゴオランと二人で、咲き乱れる高山植物を踏み分けて西へ進んだ。そしてぼくは見たのだ。大きな氷河の両岸に、永遠の氷雪にかがやくヒンズー・クシュの山々を。

息のとまるような壮大な眺めだった。サラグラールはもとより、今まで写真も見ていなかったウンゲルト、コ・イ・テーズなど七〇〇〇メートルをこえる高峰と、そこから押し出された三つの氷河の合流点が、すぐ目の前にあった。深田久彌氏いうところの「ヒンズー・クシュの最も高い山々の巣」である。

ぼくの立っているグラムシャールは、標高三四〇〇メートルだから、南西にそびえるサラグラールの頂上まで標高差約四〇〇〇メートル。日本の山にくらべ、けたはずれのスケールである。

間近に見る七〇〇〇メートルの高峰の迫力がどんなものか、この眼で見て、初めて知った。どの山も氷河も、紫色の光を放って、「神々の座」と呼ぶにふさわしい気品があった。

この日の午後、小田川君が、ポーター一人を連れて、意外に早く到着。これで寂しかったグラムシャールがいくらか賑やかになった。夜、ブルハーン氏から贈られた葡萄酒を飲む。高度のせいか、すぐ酔いがまわり、動悸が激しくてなかなか寝つかれなかった。

その後、グラムシャールを根城に一週間ほど付近の山や氷河を歩いた。そして八月十七日、小さいながらも、約五四〇〇メートルの処女峰に立った。この山はゾッホ・ミール（五七八〇メートル）の側峰なので、小ゾッホ・ミールと命名。

北東はパミール方面の山。南に近くサラグラールを中心とする大小の雪の山。西は真白なウシコ氷河が十数キロのびて、アフガニスタンとの国境の山に突上げているのが見える。

ぼくらはヒンズー・クシュの高峰の集う真只中にいた。北のワハン谷方面は雲が出ているが、それ以外は快晴で、澄み切った空の下、周囲数十キロにわたる豪華な雪の山並みに、感動はつきることを知らなかった。はるか下方に、ぼくらのベースキャンプ地、グラムシャールの高原が小さく見える。まだ八月の半ばというのに、高原の草はすっかり色づき、ヒンズー・クシュの夏も、もう終りであった。

やがて、ある満ちたりた気持で、ジワル谷を去り、チトラルへの帰途についた。途中、ブニ・ゾム（六五五一メートル）に試登して、八月末にチトラルに近いカリ村にもどって来た。

ちょうど村の秋祭りで、ふだんは人前に姿を見せぬ女性たちも、この日ばかりは頭衣《チャドル》も脱ぎ、収穫したての葡萄の房を道行く旅人に与えていた。男たちは行列をつくり、楽器の音も賑やかに村中をねり歩いていた。

村人の放つ鉄砲のひびきが、ぼくの耳には、帰還を迎えてくれる祝砲のようにきこえた。チトラルの旅の終りにふさわしいフィナーレである。やがて峡谷《ゴルジュ》の向うになつかしいチトラルのオアシスが現われて来た。

（暮しの手帖89号、'67年春）

二、コタルカッシュ氷河に友を失う

——ヒンズー・ラジ　一九六八年——

ヒンズー・ラジの最高峰コヨ・ゾム（六八八九メートル）をめざして、私たち三人（RCCII・フラッテロ第二次チトラル踏査隊）は十二日間のキャラバンの末、ようやくヤルフーン川上流のキシマンジャから目的の北壁を仰ぐことができました。それは一九六七年にオーストリーのG・グルーバーの撮影した数枚の写真から得た想像をはるかに超えたスケールの「城砦」でした。

かつて、本多勝一氏は「パイオニアワークの対象としての登山は終わった」といわれましたが、どうやらこの言葉はあたっているように思われます。しかし、私はまだそう言い切るには、やはりためらいを感じるのです。登山の世界から「未知への憧れ」という要素を取り去ることのできない者にとって、ヤルフーン川上流一帯、とくにコヨ・ゾムと、その周辺は夢をかけるにふさわしい、中央アジアの雰囲気を濃厚に残した土地でした。文明人にはほとんど踏まれたことのない数々の氷河や高峰に囲まれた地域で、私たちはこの上なく楽しい日々を過ごしました。

ところが、ヤルフーンの旅も終わりに近いころ、痛恨のきわみだったのですが、同行の橋野禎助、剣持博功の両君がコヨ・ゾム西のコタルカッシュ氷河で消息を絶つようになり、私のチトラル、およびギルギットでの捜索も空しいままに終わりました。

この小文が今後ヒンズー・ラジを志す人びとになにかの参考になり、またチトラルの人びとにも親しまれていた両君をしのぶよすがとなれば幸いです。

　七月十一日、私たちはチトラルでの準備をととのえ、五頭のドンキーに約三〇〇キロ近い荷を積んで、ここを出発。十六日にはこの地方の要地マスツジに到着。途中の村で毎晩民謡を収録した。ソノゴォルは美女の産地として有名だが、ここで村人たちと運動会を開いた。かけくらべも、立ち幅とびも優勢だった私たちも、綱引きだけは土地の力持ちにはかなわなかった。橋野君が特技として披露した逆立ち歩行は誰も真似できる者がなかった。二十日、ヅプーを出発。昨年（一九六七）RCCⅡの海老原隊の入ったガゼンの山を背後に、いよいよヤルフーン本来の流域へ入り、ラワルク峠の美しい放牧地に露営、谷の対岸にカンクンの山（パミールへ入る峠がある）やワハンの山を見て一同大いに感激した。二十二日、キシマンジャ着。ここで初めてコヨ・ゾムの雄姿に接して、その気高く、しかも量感ある北壁の姿に圧倒された。二十三日にチャテボイ氷河をわたり、BC予定地のペチュスの集落に到着した。その後、私たちは約二週間にわたってコヨ・ゾムをアタックしたが、高度順化の不足、および氷河の状態が急激に悪化したことなどが原因で、その頂上に立つことはできなかった。しかし、二十八日にペチュス氷河源頭の東の雪のドームに達し、イシュペル・ドーム（Ishpel Dom イシュペルとはチトラル語で白い意。約六二〇〇メートル）と命名。同日の午後、橋野と私の二人が、イシュペル・ドームから南西へ続く山稜上の約六二〇〇メートルの雪嶺に立ち、これをフラッテロ・ゾム（Fratello Zom フラッテロはイタリア語で仲間の意）と命名した。もちろん初登頂である。

　その後、約一週間の予定で、橋野、剣持の二人はコヨ・ゾムの西面を調査するために、コタルカッシュ氷河へ行き、私は東方のダルコット峠周辺の調査をすることにした。そして、橋野、剣持の両君はそのまま不帰の客となったのである。

　ここで私はヒンズー・ラジの天候、氷河の状態、および遭難と捜索について述べたい。

天候

　一般的に言えばチトラルは非常に好天に恵まれた地域である。とくにチトラルの西半分にあたるトリコー川流域は天候が安定している。しかし、この年は例外的な悪天が続き、一時、チトラルの町あたりは諸方で道路が洪水のため流失し、孤立状態になったほどだったが、これは特殊な場合と考えてよい。ただ、ギルギット寄りのヤルフーン川流域では、七月中旬のキャラバン中はマスツジ以北でほとんど毎日雨が降った。その状態は一週間続いた。その後好天の周期に入り、約二十日間好天が続いた。この期間は完全な快晴の状態だった。その後、再び悪天候の周期になり、その状態は一週間近く続いた。つまり、悪天候の期間は約一週間ちかくは続くと考えてよいであろう。

氷河について

ヒンズー・ラジの主稜にくいこんでいる多くの氷河の特色は、概して傾斜度が強いという共通点がある。このことから氷河が激しく活動するということも容易に察知できよう。この氷河をどう切り抜けて、源頭部に達するかが、この地域の未踏峰に登る鍵となる。氷河の構造はほとんど例外なく下流部は固い氷の堆積で、クレバスが縦横に入っている。したがって氷河を横断するルートを見つけるのはひと苦労する。中流部は氷塔《セラック》地帯で、ここは氷河通しには歩けず、たいてい両側のモレーンを迂回することになる。その上にヒドゥン・クレバス帯があり、最も警戒しなければならない地帯になっている。この地帯を一人で歩くのは非常に危険である。ルートを拓くのに大分時間がかかるだろう。その上は明瞭なクレバス帯になる。クレバスの幅は三〜四メートルのものが多いが、七月の末にはスノーブリッジが消失する場合が多いから、梯子のようなものを持参するとよい。上部はクレバスの少ない広大な雪原になっている。ここまでテントを上げて滞在できれば、ほとんどの六〇〇〇メートル級の未踏峰は登れるはずである。氷河上の日中の気温は四十度以上である。強烈な直射日光とその反射光にはとくに注意すべきだ。夜はマイナス十五度くらい（晴天の夜で）に達するが、日中との気温の差が非常に大きいので、体のコンディションを良好に保つのが難しい。氷河の最低地点から源頭まで、ルートの状態にもよるが、私たちがペチュス氷河で経験したところでは三日で到達できた。しかし、性急に登ることは高度順化の点から得策ではない。時間の許されるかぎり、ゆっくり登ることが結局は効果的なのである。

遭難と捜索

八月八日、小雨のあがったのを見て、橋野、剣持の両君は約一週間の食糧、装備を用意し、コタルカッシュ氷河へ出発した。この日、ＢＣで私は彼らを送り出したのが最後の別れになったのである。この頃から天候が下り坂になり、連日のように雨が降り、私は天候の回復を待って、二回にわたりダルコット峠行を試み、二度目に久恋のダルコット峠の大雪原の上に立つことができた。唐の将軍、高仙芝以来の由緒深い峠である。

八月十四日が、ＢＣで落合う約束の日であったが、二人は帰らなかった。十五日も、一日中二人を待ったが帰らず、事故があったのではないかと不安な思いで一夜を明かした。ところが、この日が地方官憲との約束からペチュスを立ち退く日だった。十六日、私はポーター一人を連れ、残り少ない登山食をかき集めて、コタルカッシュ氷河の捜索にでかけた。ポーターは氷河上の行動を嫌い、一人では行動も難しいが、とにかくやれることは全部やるつもりで、氷河上に小テントを張る。氷河左岸の南正面に見えるトゥイＩ峯（六六六〇メートル）の東北面大岩壁から、大きな雪崩が起こり、セラックの崩壊の音、落石が激しい。氷河下部を捜したが、足跡・装備のデポなどまったくなし。

夜、ポーターが一晩中寒さを訴える（ポーターの寝袋なし）のと、彼の猛烈ないびきでほとんど眠れず。好天の周期となり、夜、満点の星。東にペガサスが出ている。

十八日、氷河中流部の捜索をする。無数のセラックと、クレバスにはばまれ手のほどこしようがない。氷河上部はすでに新雪がきているらしい。ヒドゥン・クレバス帯を抜けて上部へ行くことは一人ではとても不可能なことを痛感する。度たび周期的にコールをくり返したが、応答まったくなし。コールは充分上部へも届いているはずだが。

私はこれまでの捜索をもとに、次の二つの場合を想定せざるを得なかった。㈠二人はすでにコタルカッシュ氷河のどこかでクレバスに呑まれたか、雪崩にあったのであろう。㈡またはなんらかの理由で退路を断たれ（例えばルートにしていたスノーブリッジが落ちたりして）南へ下るに容易なヤシン（ギルギット）側へ下ったかである。しかし、後者の可能性はきわめて少ないと思われる。二人が生存しているとすればなんとか氷河を下れるだろうし、コールに応答することもできるはずだから。道のわからないヤシンへ行くより、上部から三日もあればＢＣに戻れるコタルカッシュ氷河である。どんなに苦労してでも下るのが「順」の考え方であろう。

以上のような状況の中で、私はこれ以上の捜索を続けるのは困難である（遺体、遺品の発見が難しい）と判断して、十九日の早朝から。もう一度氷河の中部・下部の右岸を捜索したのちＢＣに戻った。そして昼近く約一カ月滞在していたペチュスのBCを撤収、長いチトラルへの帰途についた。

その後の処置

チトラルを出て、初めにしたことは、イスラマバットの在パ日本大使館へ「遭難」のことを報告すること、およびパキスタン外務省への捜索依頼である。この報告は九月三日、すぐ公電として日本へ打電された。その翌日、私はピンディからギルギットへ飛んだ。ヤシン側で、橋野、剣持両君の足跡を求めるためである。ジープをチャーターしてグピスやヤシンの奥地へ入ってみたが結局、両君がヤシン側へ下っていないことが確認されただけであった。

その後、パキスタン側の捜索報告を待つ間、私はアフガニスタンのカブールへ飛んだ。同じ時期、ペチュスのBCにいたオーストリー隊がカブールへやってくる頃だったのである。その結果、九月十三日にオ隊の面々とカイバル・レストランで再会し、行方不明の両君がその後チトラル側へ下った様子がまったくないことを再確認。この隊はペチュスを出た最後の隊なので、それまでの希望的推測のいっさいを捨てなければならなかった。

こうして、十八日にカブチ経由の国際電話を神戸に置かれていた遭難対策本部へかけた。状態が悪く、ほとんど交話できず、わずかに断片的に聞える声を頼りにパ側の捜索がなにも得るところなく終ったことを最後に捜索活動を打ち切り、帰国する旨を話した。九月二十日、私はピンディの空港をたって帰国の途についた。

終りに

海外での「遭難」はほとんど「死」に直結する。とくにそこが未知の山域であればそのリスクの度あいも高くなるのは当然かも知れない。ひとたび「遭難」が起こると、そのパーティで生存した者の直面する困難な問題は数限りない。小パーティであればなおのこと、捜索そのものも、捜索打切りも、第三者が想像する以上に苦しむことは、今回の「事故」で痛感させられた。しかし、その苦しみは残された者が背負わなければならないのは、当然の責務でもある。遭難防止の方策は真剣に考えられなければならない問題であるが、海外での「遭難」はこれから多くなるにちがいあるまい。「既知」のルートよりは「未知」のルートを、「容易」なルートから「より困難」なルートへ向かうのは登山の持つ宿命であるから。

私はヤルフーン川からチトラルへの復路を、シャージナリ・アン（四二五九メートル）からトリコー川へ抜けるコースにとった。シャージナリ峠は素晴らしい高原で、周囲にはそれぞれ美しい氷河を持った未踏の中級山岳群がそびえていた。

あれほど二人の友が踏みたがっていた、その峠を私は馬で越えた。ワハン谷へ抜ける古くからの峠、オチール・アンの氷河が何本も峰々のコルへ突きあげているのがすぐ目の前に見えた。その夜、峠を越えた西の草原シャーガリーの露営地で、私はとめどなく涙を流した。いつも明朗で良き仲間だった友を失った、いいようのない孤独感におそわれたのである。そして、泣くのは、日本へ帰るまで今夜だけだぞと自分の心にいい聞かせた。

トリコー川最北部のモゴラムへ出た時、私は日本語と英語で、橋野・剣持の両君を悼む文を川岸の岩に記し、さらに通訳のセードがウルドゥ語で同様な文を書きそえてくれたのを記念の碑とした。その碑の北の空には地図に名も記されていない雪嶺が立派な氷河を抱いてそびえていた。

（岳人・259号・'69年2月）

三、中国西域の旅　一九八五年

(一) 天山・パミールの連嶺とオアシスに残る古代遺跡

遊牧の民ウイグル、キルギス族を目の当りにして

一九八五年夏、久しい念願がかなって、中国西域の砂漠を八〇〇〇キロにわたって走行。地図と本を通して、わずかに知るだけだった東西交渉の舞台（シルクロード）に点在する多くの古代遺跡やオアシス、現にそこに住むウイグル族、キルギス族の生活ぶりに接することが出来た。

全行程一カ月、写真家風見武秀夫妻と私の三人の旅。もちろん、中国側からも日本語通訳の馮岩（北京外語学院日語科三年、二二歳）、連絡官の杜暁帆（新疆登山協会、三三歳）の両君が同行した。馮君は北京出立時からの全行程を、杜君は新疆ウイグル自治区（中国全体の六分の

一の大きさがある）での全日程を何の支障もなく、予定したコースの重要ポイントは、もれなく訪れることが出来るよう努力してくれた。両君とも自由闊達、自分の考えをしっかり持った、新時代を迎えた中国の青年である。

空を覆う砂煙の中で、壮大、広漠とした砂漠の広がりと、数千年の歴史を物語る古代遺跡の場に立ち得たことは、無論、大きな喜びだが、各地で出会った多くの青年男女が生き生きとした表情で語りかけてくることに接したのも、忘れ得ぬ旅の思い出であった。

今回の私たちの旅は、大まかにいって、次の四つの地域に分かれる。

(1) ウルムチ（烏魯木斉）を中心とした天山の地域。住民は主としてウイグル族、山地にはハザク族が遊牧する。

(2) トルファン、クチャ、アクス地域。タクラマカン砂漠北縁のオアシス地帯。住民は主としてウイグル族。主要な古代遺跡は、すべてこの地域に集中している。

(3) カシュガル（喀什）、崑崙地域。住民は主としてウイグル族。山地にはキルギス族が遊牧する。

(4) 青海地域。青海省の首都は西寧。漢族のほかに、チベット系住民も多い。西域とは自然条件が異なり、山地には緑が多く、殊に青海湖（ココ・ノール）周辺は、何百キロにもわたって、緑の丘陵が連なっている。ヤクを中心にしたチベット人の遊牧生活が今日でも行われている。

ヘディンの探検記に惹かれて崑崙を夢みる

中央アジアとの出会いは人さまざまであろうが、その最も古い記憶をたぐると、たまたま家にあった一冊の本に端を発する。岩村忍博士が訳したヘディン著（抄訳）『中央亜細亜探検記』（昭14・冨山房、近年復刊）である。有名なタクラマカン砂漠でヘディンが死の彷徨を続けた時の紀行だから、多感な少年の胸をゆさぶるに充分な迫真力に満ちていた。大人になってから、全訳本『アジアの砂漠を越えて』（昭55・白水社）を読み返してみると、砂漠彷徨のくだりもさることながら、その前のムスターグ・アタ登山を四回にわたって繰り返し行っている部分などに、却って興味をひかれたのは妙なものである。ヘディンが、このパミール、崑崙の結節点の解明に払った努力は大変なもので、氷河の調査は勿論、小カラ・クル湖に手製ボートを浮かべて水深まで測定している。この辺りの詳細な叙述は、今日でも充分参考になる。それに加えるに、極めて叙情的な文章が顔を出す。考えてみれば、ヘディンはその時、二十歳代後半の青年だったのである。われわれの世代では、このヘディンの本によって中央アジアへ引き寄せられた者が多いようだ。

　日本人の著作では、戦前の松岡譲『敦煌物語』や中島敦の小説『李陵』もよいが、シルクロードを一般化させたのは、やはり、深田久彌先生の著述活動によるところが大きい。特に角川新書として刊行された『シルク・ロード』(昭38)は傑作だと今でも思う。この本は今では、倍くらいの内容を付け加えて、角川選書という形に再編集されてしまったが、旅に携えるには、元の形の方が好ましい。人物の列伝という形をとった『中央アジア探検史』(昭46・白水社)も立派な内容の本だ。深田先生は新疆ウイグル自治区には一度も行かれなかったが、それ以後の、井上靖、陳舜臣などの作家が中国当局の奥地開放の機をとらえて現地を踏み、多くの著作を送り出したことは記憶に新しい。更にNHK取材班による大規模なTVフィルムの放映が新たなシルクロード・ブームを現出した。私たちの今回の旅も、これら先進のもたらした多くの著作や資料のお蔭を蒙っている。

トルファン、クチャは古代遺跡の宝庫

　さて、話を現地に戻す。七月中旬、街路に白い槐《えんじゅ》の花が咲き揃い始めた北京を後に、私たちは北西へ四〇〇〇キロ離れた新疆ウイグル自治区の首都ウルムチ(烏魯木斉)へ飛んだ。ジェット機で四時間近くかかる。中国は広大だ。私たちの西城への旅の第一の停泊地ウルムチと、北京から東京までがほぼ等しい距離にある。空港へ降下する前の何分間か、じっくり恒雪をいただくボゴダ峰を眺めることが出来る。遠望というより、眼前に急に現れてくるといった印象である。今世紀初頭に大谷探検隊がもたらした写真以来、この山の山容の立派なことはよく知られている。

　ウルムチに数日滞在中、ここへやって来る外国人なら大てい出かける天池と南山牧場を私たちも訪れた。海抜約二〇〇〇メートルの天池は博格達《ボゴダ》山群を背景に針葉樹もよく繁茂していて美しい所だ。だが、私の正直な感想では、もうひとつ好感が持てなかった場所だ。その最大の理由は、ゴミと屎尿の処理に著しく欠ける点だ。折角小ざっぱりした招待所(コッテージ群あり)があるのに、うら手にある大きなWCはたれ流し同然で、臭気ふんぷんとしている。

　日本で設立された新疆協会では、日中合弁で西域各地にホテルを建設するそうだが、環境保全には十二分の注

意を払ってもらいたいものだ。

　南山牧場では山上の牧草地にハザク族の幕営地を訪れ、ユルト（天幕）の中をゆっくり見せてもらった。ここで振るまわれた馬乳酒《クミーズ》は、かなり酸味が強いが、けっこういける味だった。天池へも南山へも三〜四時間のジープ（または小型バス）の旅。最後の一時間は相当の山道になる。

　次に、私たちは前述の分類だと第二の地域に入るトルファン（吐魯番）を目指した。どんな車でも、たっぷり四時間はかかる。昔のキャラバンだと五日行程だという。天山山脈の東の支脈を一本の峡谷が貫入、道はその左岸についている。ウルムチ寄りに達坂域（ダワン・チェン）の峠の宿場がある。古来、天山南路と北路を結ぶ要地なのだ。峡谷の水は清く、楊柳やタマリスクの類が繁茂している。この川を白楊河《パイヤンホー》という。

　海抜ゼロメートル地帯として知られるトルファンは、火州と呼ばれるだけあって暑かった。連日44度C前後、これで普通だといわれたのには驚いた。オアシスを一歩出れば完全な砂漠だ。白楊河が平原に降り切ると、トルファンまで広大な砂漠で、ほとんど緑の色は目に入らない。左手遠くに山がぼんやり見えるが、右手（北）に近く、赤い岩肌の丘陵や、激しく浸食された灰色の山が連なっていた。時々、撮影のために車の外へ出ると、立っていられないくらい強い風が吹きつける。風見さんが「ああ、これが風口《ふうこう》というのだな」とつぶやく。砂漠を旅する実感が迫る。

　トルファンでは、吐魯番賓館に三泊して、ベゼクリク千仏洞、高昌故城、交河故城などを訪れた。河西回廊を巡って来た一般のツアーでは、トルファンが最後のみどころになる。ここは、少し西のクチャ（庫車）と並んで古代遺跡の宝庫である。

　ベゼクリク千仏洞はムルトック河の断崖に刻まれている沢山の石窟の総称だが、そのうち一般に公開されているのは八つくらいで、写真を撮ることは許されない。脚下の谷間にはオアシスの緑を、はるか北には天山の雪山を望むすばらしいところだが、残念なことに、多くの壁画はスタインやドイツ探検隊らによって持ち去られてしまった。

　高昌故城には沢山の観光客がいたが、交河故城は大きな車では近よれないためか、人がいなかった。日乾しレンガを使い、その上を泥でおおった古代建築物の壁が崩れかけて残存するだけだが、地表をよく見ると漢代の灰色の瓦の残欠のようなものが、沢山散らばっていた。トルファンでは、最も心に残る遺跡である。

　カシュガルや崑崙へ行ってから、特別許可を得てクチャへ入った。普通の外国人が来ない所なので、どの遺跡も極めて静寂、いい感じだった。スバシ故城、クズル・ガハ烽火台などクチャ県城からも近いすばらしい遺跡だった。

しかし、私たちが最も興奮したのは、渭干河《いかん》（ムザルト河）のほとりに、二百三十六の石窟を持つキジル千仏洞を訪れた時だ。入窟を許された石窟には、今描かれたかと思われるような鮮やかな色彩で菩薩や飛天の姿が残されていた。

今回の旅は中国登山協会が受け入れてくれたもので、傘下の支所（支部）特に新疆省登山協会及び青海省登山協会の皆さんにお世話になった。誌上を借りてお礼を申し上げ、感謝の意を記しておきたい。

（岳人・460号・'85年10月）

（二）憧れの中央アジアの真只中で過ごした三日間

ゲイズ川ぞいのカラコルム・ハイウェイを走って

〝カシュガルの夜の闇は深い。その闇の底から、いつも壮大な楽の音が聞えてくる……〟

と井上靖さんは、カシュガルで作った詩の中で言っている。彼はその楽の中に、ここカシュガルを起点にして、西や南に向かった兵団の蹄の音や、経巻隊や隊商の鈴の音を聞きとっている。

さて、現実の私はといえば、喀什賓館の二階の一室で、ここ何日分か、たまっている日記を書いている。もう夜の十二時だというのに、裏庭からダンス・パーティーの音楽が賑やかに響いてくる。

いよいよ明日、少年の頃から一度は行って見たいと願っていた小カラ・クル湖畔に立ち、ムスターグ・アタやコングールといった七〇〇〇メートルを越える高峰に対面できる。そんな心のたかぶりか、先刻、風見さんの部屋で、ムスターグ・アタ帰りの青年たちと乾杯したビールが効いて来たせいか、ちょっとまどろんだかと思うと、もう朝になっていた。

七月二十二日、朝九時半、熊田博士夫妻（精神医学）、昨夜会った日本からの留学生である東野君らに見送られ、二台のジープを連ねて出発。

砂漠の中の中巴公路（カラコルム・ハイウェイ）を辿るが、公路といっても、砂利をローラーでならしただけの道である。見渡すかぎり河原の砂利を敷いたような砂漠が続く。小カラ・クル湖まで約二〇〇キロ、六時間のうち、二時間は砂漠の中だ。

ゲイズ（Gaz）川をしばらく南へ溯ると、コングールの前山が見えてくる。ゲイズのチェック・ポイント辺りから、ボニントンが、ゲイズ・マッターホルンと呼んでいる尖峰が見える。

哨戒所から少し上がった地点でわれわれは大休止した。右手から珍しく澄んだ流れが合流する。香りのいいハミ瓜と、水分をたっぷり含んだ西瓜で、のどの乾きをいやした。対岸は大きなモレーン丘となっていて、コングール北壁の懸垂氷河が何本も、なだれ落ちている。予想以上に雪の量は多いが、傾斜はきびしい。京都隊のクライマーが遭難したのは、どの辺りなのだろうか。北壁の西寄りの方に比較的取りつき易いルートがありそうだ。

ゲイズ渓谷は西へ向かい、ジープ道がモレーンから押し出された大きな岩石の間をぬって上って行く。チトラルのジープ道に似ているが、こちらの方が、高捲きもないし、道幅も広い。チトラルの奥地では、恐ろしい高捲きの道の連続で、ジープを飛び降りて歩いたため、同行の若者たちのヒンシュクを買ったが、ゲイズの道は殆ど危険のないルートを走る。

コングール・チュビエ（七四八〇メートル）の西麓を南に曲がり込むと、視界がにわかに開け、素晴らしい高原がはじまる。ゲイズ川はなお西進しソ連国境へ至るが、川の北岸のジープ道の上はるかに、チャクラギール（Chakragil　六七二五メートル）の連嶺が、北西から南東に連なる。コングール山群の小型版といった感じで、全山雪に覆われ、そう難しい山ではなさそうだった。

ゲイズ（ムシ）川の南西一帯は、大きな浅い湖になっていて、その南西端には、まっ白い大きな砂山がそびえている。不思議な景観につられて何回もシャッターを切ってしまった。この湖をブルン・クルという。ボニントンの地図では、ターニン・バシとなっている。

湖の東岸一帯は、緑の草原になっていて、キルギス人の包《パオ》（ユルト）も数軒ある。ラクダや羊も遊んでいて、鮮やかな色彩の民族衣裳をまとった女たちがユルトから出て来た。

時々、キルギス人やタジク人をのせたトラックやドラムカンをつんだ軍の車が通るが、交通量は少ない。

小カラ・クル湖畔はコングール山群の展望台

コンシバー川にかかる大きな橋を渡る所から、ムスターグ・アタ北面を遠望。よく知られている角度だが、肉眼でじかに見るという感慨はひとしおである。

崑崙山脈の西端と葱嶺（パミール）東端に伸びる一条の高原の道を、今わたしたちは走っているのだ。

中央アジア探検の双璧、H・ヘディンとM・スタインが相前後して（前者は一八九五年、後者は一九〇〇年）、小カラ・クル湖に現われ、ムスターグ・アタに登ろうとした。

私は西域へ旅立つ前に、愛蔵のスタインの著書〈Mountain Panoramas From The Pamirs and Kwen Lun〉(1908)をよく見ておいた。天地三三センチという大型本なので、持ち歩くわけにはいかないが、その中には、横幅四五センチのパノラマ写真が数十枚収録されていて、実にみごとなものである。一九〇〇年七月十六日、スタインは小カラ・クル湖東岸のカラカール山稜の上と、西岸コクタムシュク山から、完璧なパノラマ写真（それぞれ二枚続き）を撮った。いずれも「パノラマ帖」に入っているが二枚つなぐと一メートルにも及ぶ。

その中で、現在はコングール山群と呼ばれている山並みをKongurdeba（Shiwakte）と表記しているのが興味深い。また、小カラ・クル湖を目指して、われわれの走っているこの谷をエッキイ・ベル・スウ（Ekki Bel Su）と記している。

私たちの左手には、コングールの南面から押し出された古いモレーンの広大な台地が広がっている。ヒンズー・クシュの深いV字谷を流れる氷河と異なり、ここ崑崙の氷河は地表に盛り上がるようにして流出する。

スタインの表記に従えば、西から東へ、Aksel, Koksel, Kizilsel, Karasu と大きな氷河が並ぶ。最後の氷河のすぐ東の六〇〇〇メートル台の大きなピークをスタインはシワクテ（Shiwakte）峰としている。

カシュガルを出てから六時間、そろそろ小カラ・クル湖が見えてもよい頃と思っていると、右手（西）に静寂そのもののバシク・クル湖が現れた。ジープはその東岸を湖岸すれすれに走る。この湖の西奥に、もう一つの小湖（上バシク・クル）が隠れている。最終の目的地小カラ・クル湖ももう近い。

スタインがパノラマを撮ったコクタムシュク山の山すそを、ジープは左へターン。赤茶けた大地の中に、わずかな草原をめぐらせて、小カラ・クル湖が静まり返っていた。南正面に巨大なムスターグ・アタ山塊が圧倒的なボリュームで横たわる。ここ小カラ・クル湖西岸の草原からは、一八〇度の視界のなかに、コングールからムスターグ・アタに至るすべての山々がみごとな雪ぶすまとなって並ぶ。すばらしく空も晴れ上がって、絶好の写真日和。

荷物を草原に置くのももどかしく、私はなぎさに走り寄った。何か、思わずひれ伏したいような感情がこみ上げてくる。きっとチベットのマナサロワール湖へ行ったら、同じ感情におそわれることだろう。小カラ・クル湖の水を掬って飲んだ。思ったより温かかった。その日、暗くなるまで、風見さんも私も写真を心ゆくまで撮りまくったことは、言うまでもない。

　夜中に宿所のユルトを出て、背後の高みに立った。杜君も馮君も気持ちよさそうな寝息を立てていた。湖の上に半輪の月で出ている。かなり寒いが、身を切るという冬の厳しさはない。出来れば夜明けのムスターグ・アタを撮りたい。取っておきのステート・エクスプレス（タバコ）を喫いながら、待つこと四時間。シワクテ山塊の三角錐の雪嶺が二つ並んでいる、その辺りから陽が昇って来た。かんじんのムスターグ・アタは、もう一つぼやけた大気の中に眠っている。

　恐らくきょうは一日中この谷の空を砂塵を含んだ大気が覆ってしまうのだろう。夜明けの小カラ・クル湖周辺の情景を見届けて、私は包に入ってしばらく眠った。

キルギス人のユルトに招かれて親交を深める

小カラ・クル湖第二日。やはり、きょうの大気の状態はよくない。ムスターグ・アタの山腹の大きな氷河は、北から西にかけて、ゴルンダ・コクコルチャ（北稜）、サリメック（北面中央の大きな氷河）、カムパール・キシラック、ヤムブラック（北面西端、最も容易なルート）と並んでいるのだが、昨日のようにはよく見えない。きょうは山の写真はダメ。風見さんはしきりに残念がるが、昨日はかなり沢山撮影したのだから、よしとしなければなるまい。

　私たちは、キルギス遊牧民を求めて、さらに上流のスバシの集落へ向かった。スバシには石造りの家が沢山あったが、皆からっぽ。人民解放軍の兵士が少し駐屯しているだけだった。キルギス人はみんな山間の夏村へ放牧に出てしまっている。スバシの辺りは草原が広がり、よい牧草地になっているが、秋から冬にかけての取っておきの場所なのだろう。

　午後、少し下手のキルギス人の包集落を訪れた。八軒ばかりのユルトが点在し、女たちが、長いイザリばたで、ユルトのぐるりを結ぶ帯を織っていた。なかなかの美女揃いだ。色彩豊かな衣服といい、装身具といい、すばらしい。男も女も立派な革の長靴をはいている。

　一軒のユルトに招じ入れられて、ミルクや、揚げパンをごちそうになった。ここで使われているカーペットは勿論自家製。精緻とはいえないかも知れないが、大胆な伝統的なデザインと、カラフルな彩りが、かえって現代に通用しそうだ。

ユルトの入口のフェルトの垂れ幕にも、ユルトそれぞれに異なったデザインのパッチ・ワークが施され、これは、それぞれの家の紋章の役割を果たしているのではないかと思った。

夜になって強い風が吹いた。宿所のユルトを出ると小カラ・クル湖には一面の白い波頭が立っていた。昨夜と同じ半輪の月。私はシワクテの山頂に昇る陽を再び待った。

小カラ・クル湖第三日は、下山の日でもある。相変わらず砂を含んだ大気。一気にカシュガルに戻ることにする。われわれには、次のハイライト、クチャの古代遺跡が待っている。ゲイズ渓谷へ下る手前で、青柳健氏が率いる大部隊に会った。崑崙もそのような新時代を迎えているのである。

（岳人・463号・'86年1月）

『崑崙行』のあとに

宮地　伸一

雁部貞夫君といえば、私は中学生からせいぜい高校生の時までの面影しか浮かんで来ない。彼の大学生時代はほとんど会わなかったと思うし、その後も結婚式の時とかほんの二、三回ほど顔を合わせたにすぎないので、どうしてもその少年時代の姿しか浮かんで来ないのである。今度この『崑崙行』の校正刷を読んでみて「氷河湖に朝々うすき氷はり我が四十九の夏ゆかんとす」などという歌を見いだして感慨を深くした次第だ。

東京の葛飾区の中ほどを流れる中川を、荒川放水路に平行する綾瀬川とが合流する手前に上平井橋がある。その橋のたもと近くに雁部君の家があった。木根川薬師もすぐ近くである。このあたりは、大正時代に放水路ができて大きく地形が変り、近時は高速道路が通過して景観もすっかり変貌した。木根川という古い地名（もとは木下川と記した）も、今は東四つ木という味のない地名に変えられてしまった。

私は、戦後に発足した新制中学校の国語担当の教師として、中川のほとりに建てられた学校に赴任して数年たつうちに、教室で雁部君とめぐりあったのである。学校と雁部君の家（工場と一緒になっていたのであろう）は、二分か三分の距離で、家の戸をあけると、いつもセルロイドの匂いがプーンとした。兄弟が多いので、御両親は養育されるのが大変だったと思う。「君のうちは、子どもが一人や二人いなくなっても分からないだろう」などとよく冗談を言ったものだ。しかし中学校に次々と入って来る子は、みな性格のいいのびのびとした生徒ばかりであった。

中学生時代には野球に熱中していた。ピッチャーをつとめるその姿が今もありありと浮かんで来る。今にプロ野球の選手などを目ざすだろうかとふと思ったこともある。私は授業で生徒に短歌を無理に作らせることは好まないが、短歌を中心に韻文教材はわりに気乗りして授業をしたのであろう。雁部君は中学三年の頃特別な興味を持って作歌し始め、それを私に見せるようになった。下級生の女の子への思慕をしきりに詠んでいたと記憶する。

ある時アララギの歌会に出てみないかと誘ったら行くと言うので、連れだって出たことがある。五味保義氏の諒解を得て、数回一緒に出席したと思う。彼が土屋文明先生に、「左千夫ってどんな人でしたか」と質問したら、「暖かい人だった」という一言の先生の返事があった。そういうことも思い出す。その土屋先生が、のちに雁部君の名を忘れて「あの――木根川の男」とか、言われたこともある。それは大学生になってからのことだったかも知れない。私はアララギ入会をすすめはしなかったが、その後自発的に入ったようだ。そして作歌活動をやるようになるが、彼は作歌よりもっと大事なもの、山があった。

私は若い時には東京近辺の低い山や峠を歩くのが好きで奥多摩や丹沢の山々によく登った。そこで雁部君なども休みの日によく誘って行ったものだ。他の教師、生徒と一緒の時もあり、丹沢や秩父の武甲山などには二人で行ったこともある。私の『町かげの沼』という最初の歌集に「秋草のゆらぐ峠に立ちどまる山いつかしく少年かなし」とか「かたむける光そそげり尾根道のすすき乱して少年走る」とかの歌があるのは、雁部君達のことを詠み込んだのであったと思う。彼がのちに本格的な登山を志すのも、少年時代の山行きの経験が多少関係しているのかも知れない。

大学に入学してから以後は、年に一、二度の通信がある程度で以前のように頻繁に交流することもなくなった。昭和四十一年に初めてパキスタンのチトラルに行く時には、彼のお母さんが大変心配されていたことを想起する。この時は、葛飾の高校の教員になっていた。この『崑崙行』はその年の「チトラル行」より始まる。

　桑の木のかげに安らかに今宵寝む氷河かかりし山に陽が落つ
　朝々の目覚めにポプラのそよぐ音人住む谷に帰り来りぬ

　この年の歌は、まだあまり特色を発揮していない。それは紀行文「チトラルの旅」と比較しても明瞭で、とても散文の表現力には太刀打ちできない。ただ彼の素直ないい素質がほの見えるばかりである。

　子をいだく女を乗せし白き馬塩凝る丘をはるか越えゆく
　少年は鶏《とり》下げ峠越えて来ぬ日本の目薬欲すと言ひて
　時おきてザイルは強く我が掌引く君の呼吸を伝ふるがごと

　二度目のチトラル行となる「コヨ・ゾム登攀行　一九六八年」のなかより引く。文章の「コタルカッシュ氷河に友を失う」と対応する作品で、この辺になると散文のリアリティーとは別種の、短歌は短歌としての味わいを伝えているようだ。この時の登山で二人の友を失ったことは「行方絶ちし友らの名をば呼ばひつつ凍てし氷河にひとり立ちゐつ」以下の作にも詠まれている。（私にも「友二人亡くして最悪の旅なりとアフガニスタンよりの短き便り」という歌がある）。

　このあと雁部君は、何度もチトラル地方へ入っていることは、今度年譜を見て初めて知った。作歌を殆どやめてしまい、アララギにも歌を出さなくなってしまった。日本人は未踏のパキスタンの山岳地帯に入り荒々しい自然やその土地の風俗人情にも触れながら、作歌にそれを生かさないことは、甚だ惜しいことであった。とにかく休詠しているのが私も不満であったが、これはどうしようもなかった。

　さてこの歌集には、その後を受けて「ガンダーラ巡礼行」以下、最近作の「ヒマラヤニスト頌」まで収められている。年譜には昭和六十一年に作歌が復活したというから、二十年に近いブランクがあることになるが、その折々に作りためたものや、過去にさかのぼって作ったものもあるのであろう。半分ほどは未発表のものだと言う。

　雨過ぎて路にこぼるる白きをば馮君めざとし槐花《クワイホワ》と告ぐ
　新本と古書と分たぬ書棚より温飛卿詩集箋註を得つ
　瑠璃の色あくまでも濃く楼浮かぶ乾ける国の夏の光りか

「北京にて」のこれらの歌は、あきらかに土屋文明『韮菁集』の詠法を摂取している。そのほかあちこちに文明調は顔を出しているようである。

夕映の果てなき大地走りきて烽火台あり月上りゐぬ

頭部ベルリン顔はロンドン御手は京都この窟に仏の脚のみ残る

カラクル湖の岸辺の草にふた夜ねるふた夜ながらの半輪の月

長安を目指し玄奘も駱駝らも憩ひし湖か我も水掬む

山へだててインダス河源ありといへど今行きがたし査証下りねば

「四、崑崙行」より引く。この辺になると行動力と素材の強みを発揮して、この作者でなければ作れないものになっていると思う。次の「五、チトラル・ティリチ・ゴル行」のなかでは、

幾千か雀群がる太木あり沙漠紫にくれていくとき

路地一つ隔てて民族異れり皮なめす蒙鉄打つプシュト

谷々に夕べの詠唱《アザーン》こだまして月の光りはいよいよ清し

白き馬漂ふ如く歩み来て月の光りに地の塩をなむ

氷河みどりに岩くれなゐの光帯ぶ峠に立ちしわれらの行く手

先立ちて切り立つ氷に道刻むナビ・カーンはひとり寡黙な男

などが、特に好ましく思われる。その色彩の美しい自然もそこにすむ人間の把握も、もう作者の独壇場である。「白き馬漂ふ如く」の歌などは、幻想的に美しく、この集きっての佳品だとも言えよう。

このあとのはもう引用を控えるが、思うにこの作者が、もっと強烈な歌人意識を持って、沙漠や氷河や回教徒の生活に立ち向かったら、それだけで二、三冊の歌集が編めたであろうし、歌人としてももっと前人未踏の境地に歩を進めたであろうにと、それがつくづく残念に思われる次第だ。しかし登山家・探検家は、まず作歌力を持ち合わせないのに、本書の如くとにかくこれだけの作品を示し、なお今後も期待されるとするならば、何も不平を言うにも及ばないと自分に言い聞かせ、その解説を終えることとする。平成元年八月三日記す。

あとがき

この歌集『崑崙行』は、私が始めて編んだ歌集である。一九六六年のチトラル行以来、近年に至るまで、パキスタン北西辺境の地、即ちヒンズー・クシュ山脈の核心部に出入している間に詠んだ作品をまとめたものである。

アララギに休詠久しかった私は、一九八五年の中国西域行を契機として、殆ど二十年ぶりに作歌を復活させることができた。日頃から親しんできた土屋文明先生の『韮菁集』の世界を実際に踏み、さらに、はるか西域の奥深くへ入るという感奮に鼓舞されたのである。

所収作品数は、わずかに二百首を数えるに過ぎない。上梓することにためらいも有ったが、岡井隆氏の文章に、「歌集にのせる作品数は二百首から三百首でよい」のだという発言を目にし、「数を以って尊しとせず」とするその言に励まされる思いで刊行に踏み切った。

右の二百首のうち、約半数はこの三年間にアララギ選歌欄の洗礼を経たものであり、若干数は、歌誌「ポポオ」にのせた作品も含まれている。

なお、一九六六年の第一次チトラル行と一九八〇年のガンダーラ巡礼行の作品は、その時々にアララギに発表したものが殆んどである。少し気の利いた歌詠みならば、もう四、五十首の作品を付け足すことなど、一夜のうちに行ってしまうであろうが、作品全体の純度が失われるような気がして（過去形ばかりの作品が並ぶのも妙なものであろう）、そのような作業は一切とり止めることとした。

本書のために解説をお願いした宮地伸一先生は、中学生の私をアララギと山へ導いて下さった恩師である。その頃のことは、先生の文章に詳しいので、再説することは差し控えたい。ここでは、私のアララギ入会時と、それ以後の数年について、しばらく記したい。

アララギに入会したのは、高校三年（一九五六年）の秋だったように思う。年譜にも記したような経過で、のちに第一次「ポポオ」同人となる諸氏と知合い、行動を共にするようになる。当時、私塾を開いていた吉村睦人兄の家に泊り込んで、夜を徹して語り合うこともしばしばであった。

戦後短歌史の語り草にもなっている土屋文明選歌欄が存在していた頃でもあり、我々は相競うように、月々の作歌に励んでいたように思う。その頃の私の作品は、比較的多くアララギに載っているが、ここでの引用は控えよう。

安保改訂の時期に、土屋先生が詠まれた「旗を立て愚かに道に伏すといふ若くあらば我も或は行かむ」という作品を、アララギの校正中に見つけて、我々若者はすっかり興奮したものだ。我々の多くは「道に伏し」た経験があったからだ。

この頃最も印象深かった出来事は、ある歌会の席上、土屋文明先生が、「君たちは歌に熱心なようだから、左千夫先生のお墓へ一度案内して上げよう」と声をかけて下さったことだ。これは程なく実現した。昭和三十六年十一月のことで、柴生田稔先生も同行された。

普門院からの帰途、船橋屋で名物の葛餅をごちそうになっている時、先生は、左千夫ゆかりの四ツ木吉野園や、歌集『六月風』で詠まれた木下川梅園跡のことを話して下さった。当時、私が四ツ木の木根川町に居住していたのを記憶されてのことだったと思う。

この日のことは、まるで昨日あった出来事のように、はっきり思い出される。古稀を少し越えたばかりの土屋先生は、気力も体力も壮者をしのぐほど充実していたのだった。

この辺でヒマラヤに話を移そう。私がアララギを休詠することになる主たる原因なのだから、どうしても触れなければならないように思う。

年譜にも記したように、一九六六年夏、パキスタン北西辺境の小王国チトラル（大唐西域記の商弥の地に比定される）へ入り、日本人として始めて、ヒンズー・クシュ山脈（法顕伝では大雪山と表記）主脈を踏査した私は、その後の二十年間に十度入域を繰り返した。

二度目のチトラル行（本書では、コヨ・ゾム登攀行に相当）で、友人二人を失ったことが、私とチトラルを離れがたいものにしたためである。勿論、旧チトラル王家のシャーザダ・ブルハーン・ウッディーン殿下の知遇を得て、かなり自由に国境地帯を歩くことが出来たためでもあるが、私のかつて踏んだダルコット峠やシャー・ジナリ峠を越えた日本人は、その後まだいないようだ。

深田久彌先生の九山山房に出入りすることを許されていた私は、深田先生没後、その大著『ヒマラヤの高峰』を、日本山岳会の先輩である望月達夫、諏訪多栄蔵両氏と共に編んだ。これがきっかけとなって、その後、私はヒマラヤや中央アジアの登山、探検に関した書物の出版に関わるようになった。

勢いの赴くまま、とは言うものの、この二十年間に私の携わった出版物の量は、業余のすさびというには度を過ぎ、殆ど個人の能力の限界に達していた。物々しいとは思うが、そのことを示すため、本書巻末に刊行書目を副えさせていただいた。ヘディンの『カラコルム探検史』だけとっても、読むのに二年、訳出するのに二年、計四年間を必要とした。休詠についての私のはかない弁明である。

私の作歌について言うならば、それは、まだ緒についたばかりと言うべき段階であろう。宮地伸一先生が解説で「もっと強烈な歌人意識を持って、沙漠や氷河や回教徒の生活に立ち向ったなら、それだけで二、三冊の歌集が編めたであろう」と指摘された点は、今後の十年間（それは私の五十歳代に相当するが）の私のテーマとなろう。この分野で私は、さらに大胆に歩を進めてみたいと念じている。

最後になってしまったが、アララギ入会以来ご指導下さった故五味保義先生はじめ選者の諸先生方と、第一次「ポポー」以来の諸友に感謝申し上げたい。特に今回ご多忙の中を長文の解説を執筆して下さった宮地伸一先生に厚くお礼申し上げる次第である。

また、出版に際しては、仲介の労をとっていただいた上に校正までお願いすることになった吉村睦人氏、刊行を快諾され、事を迅速に運んで下さった短歌新聞社社長、石黒清介氏のお二人に心からお礼申し上げる。お二人の協力なくしては、亡き山友、橋野禎助、剣持博功両君に捧げる書が、このような立派な形で世に出ることはなかったのである。

なお、本書の装画には、妻輝子の彫った作品を用いた。彼女を伴い、ヒマラヤの未知の山野を旅することは、実現可能と思われる私の楽しい夢の一つなのである。

一九八九年八月十日

雁部　貞夫

解説　吉村　睦人

巻末に、著者の中学校時代の先生であり、短歌の作り始めから指導し見守ってきた宮地伸一氏が「『崑崙行』のあとに」という文章を書いておられ、それはそのまま実に行き届いた本書の解説ともなっている。また、著者が「あとがき」に記しているように、私はその中学生頃から付き合ってきた一人として、著者とあまりにも親しい位置にあって、ここに書こうとすることは、単にその懐かしい思い出を綴ることになりそうなのが心配である。

小声にて歩調とりとり歩めども湯の湧く村はまだまだ遠い

この歌は、昭和三十六年八月号「アララギ」に載ったものである。作者二十三歳、この二、三年前から「アララギ」に歌を出している。この頃の山行には私も同行したことがあり、この歌は八ヶ岳下山の折の作だったと思う。栴檀は双葉より芳し、この頃から後のアルピニストとしての風格が歩きっぷりにもすでにあった。決して慌てることなく、登山の方も、作歌も、着実に地歩を固めて、現在の高みに至っている。

咲きさかる黄菅の原に夕べゐるいづこの谷も雲湧き立てり

髪短く切りたる君のうなじよりサロメチールの匂ひしてゐる

理解及ばぬ頁いくつか飛ばしつつ親しみきライシャワー氏英訳入唐求法記

日に二枚食べむと定めしキャベツの葉尽きたる今日は黒部へ下る

たむしばのしきりに匂ふ蓬峠越後より来し独活とりに会ふ

山水に命寄するを思ひつつ吾が若き日も過ぎて行くのか

同年の作品をさらに数首あげてみた。所謂土屋文明選歌欄に、山の歌、恋の歌を互いに競い合った懐かしいものばかりである。

この第一歌集『崑崙行』は、一九六六（昭和四一）年から一九八九（平成一）年までの「パキスタン北西辺境のヒンズー・クシュ山脈の核心部」への数度の山行の作品二百首を纏めたものである。著者には、第二歌集『辺境の星』もあるが、これは本集に続く一九八九（平成一）年以後一九九六（平成八）年までの作品集である。私はいつか前記の、初期作品も一冊に纏めて欲しいと願っている。

本集に収録された作品は、この時期数年置きに実行された五回の山行において現地に臨んで制作されたものであり、本集には、後半三分の一程に、これらの山行の紀行三篇も収録されている。これらは帰国後「暮しの手帖」「岳人」などに掲載され、注目されたものであった。日本人として初めて踏査したところや、あるいは初登攀のルートの記録もあり、登山資料上も貴重なものであった。

そしてそこで作成された短歌は、これこそ全く先行するものの無い新しい領域と境地を切り開いたものと言えるものである。

ことに、「コヨ・ゾム登攀行」とそれに対応する紀行「コタルカッシュ氷河に友を失う」（一九六八年）は、私にとって最も心に響く短歌と文章である。この山行には当初私も連れて行って貰う予定であったのだが、私は私立高校に勤めて間も無かったので、夏休みを延長することが出来ず、残念ながら参加しなかった。もし私も加わっていたら、遭難したのは私だったかも知れなかったのである。

氷塔の間《あはひ》にピッケル振ふ友砕けし氷陽に映えて飛ぶ

コヨ・ゾム登攀行　一九六八年

雪はらひ蒼き氷にピトン打つしばし我らの体支へよ

時おきてザイルは強く我が掌引く君の呼吸を伝ふるがごと

そしてその後に、次のような歌を読まなければならない。

行方絶ちし友らの名をば呼ばひつつ凍てし氷河にひとり立ちゐつ

氷河のいづこにいかなる言葉交しけむ命のきはを知る人もなく

よって、本書の冒頭には、「本書をコヨ・ゾムに逝きし同行の友　橋野禎助　剣持博功　両君にささぐ」の献辞が記されてある。この二人に対する悲しみの歌は、その後も現地に、あるいは現地の近くを訪れる度ごとに繰り返される。

このオアシスに君の残せる氷斧あり二十年へて保つ光りか

チトラル・ティリチ・ゴル行　一九八七年

亡き君のハーケン一枚拾ひ上ぐゲスト・ハウスの崩れし跡に

これはこの著者の生きる限り続く悲しみの歌であり、次の歌集にも受け継がれている。

氷河より帰らぬ友待ち二夜過ぐ言葉通はぬ人らの中に

『辺境の星』一九九二年

友らいま谷のいづこをさまよふか雪は降り積む昨日も今日も

コヨ・ゾムの氷壁蒼し友呼ばふ吾が声かへる静寂《しじま》乱して

ヤルフーンの氷河を照らす青き月まぼろしだにも帰り来れよ

この山行の紀行は「コタルカッシュ氷河に友を失う」であるが、沈着、的確、精密に、天候、氷河、遭難と捜索、事後の処置、を記して、感銘の深いものであるとともに。中央アジアのこの地域の登山目ざす者の貴重な文献となっている。

木の下に笛吹きゐたる鬚白き人も祈りぬ夕べとなれば

チトラル行　一九六六年

木蔭なく水なく塩凝る荒野行く若き玄奘の越えにし道か

インダス河より遠く水引き育つもの火焔木アカシア印度菩提樹

ガンダーラ巡礼行　一九八〇年

断食月《ラマザーン》果てし今宵ぞ卓かこみ山なす羊肉飽くまで食はむ

石のごと堅くなりたるチーズ食む嚙めば駱駝の乳の匂ひす

崑崙行　一九八五年

頭部ベルリン顔はロンドン御手は京都この窟に仏の脚のみ残る

路地一つ隔てて民族異れり皮なめす蒙鉄打つプシュト

チトラル・ティリチ・ゴル行　一九八七年

野営地にかがり火目守《まも》り時たてば月のきぬがさ傾きそめつ

深田先生黄泉に盃あげてゐむ「ヒマラヤ文献目録」よみし給ひて

ヒマラヤニスト頌　一九八九年

主としてまだ引かなかった章から引いてみた。これらは素材的に独自というばかりでなく、かの地の地誌、文化、民俗、歴史を十二分に咀嚼し、自家薬籠中のものとして、時に応じて、力強く、優しく、悲しく、自らの短歌作品を紡ぎ上げている。

この私の文章は、やはり蛇足に終ってしまったようである。宮地氏の文章を解説として、何よりも作品そのものを、また紀行の文章を味読されんことを願う。第二歌集『辺境の星』にも、以後の辺境への旅の歌が多いので、合わせて読まれることをお奨めする。この集には、亡き吉田漱氏の「『辺境の星』の拓く世界」という解説が付されている。

なお初版の見返しには、輝子夫人（音楽家）の中央アジアの楽士を描いた木版画が載る。夫人も、著者の影響を受けて作歌をはじめ、同行したパキスタン辺境の旅の作を中心の歌集『ターバンと髭』が刊行されている。

＊本解説は文庫版『崑崙行』（平成十六年刊）に付されたものである。

辺境の星

故ブルハーン・ウッディーン殿下に本書をささぐ

Dedicate to late Prince (Shahzada)
Burhan ud-Din Khan

平成元年

乳形の葡萄

山谷に情《こころ》放てと刻す印琉璃廠《ルリチエン》に得てわれは旅立つ

琉璃廠に槐蔭山房の名を留めたり赤彦先生に告げたきものを

黄に熟れしマンゴー割きて友と食ふ若き玄奘も食みしその実を

シナノキの大き茂りよ菩提子三斗鑑真将来のその日思ほゆ

乳形の葡萄は市にうづたかし耶律楚材の歌に見しごと

野芥子咲く湖のほとりに一夜寝て天山思ふ遠き天山

オアシスを過ぎて塩凝る湖を見たり人は白き塊を驢馬の背に積む

法求むる心は高き雪山越えしめき同行一人失ひつつも

天山の雪水豊かなる葡萄園緑透く房を樹よりもぎて食む

乳形の葡萄に光る朝の露瀬を立てて疾し天山の水

向日葵の種噛み沱茶《トウチャ》すすりたり絵葉書一枚書きあぐねつつ

蘭州にて昼間積みたる瓜を食む露はしたたる夜明けの汽車に

印度地図　落合先生のたまもの

砂漠越え法を求めし情熱を語れば清し榁《むろ》の木下に

榁柳ムロノキ説否定さるとも西域にわが見し木草語るは楽し

落合先生たまひし古き印度図に法顕踏みしルート確かむ

ネパール国境定かならざる時代なりエヴェレストの標高正しく示すこの印度地図

平成二年

辺境の星

黄に熟れしマンゴー一顆市に得てプシュカラワティ*の街去らむとす

*ガンダーラの古代都市、善見城。

マンゴーの園あり青き実拾ふ子ら泥の小さき家居続けり

ひたすらに走る大地に人を見ず灼けし砂漠にゆらぐ陽炎

驢馬の声朝の果園にかまびすし人も重き荷背負ひ出で立つ

樺の林にテントたたみて出でむとす響く泉はいくところにも

凍てし雪にアイゼン利けばこころよし月はあたかも雲を離れぬ

雪原もいつか尽きなむひたすらに月の光にみちびかれゆく

雪削り狭き平にテント張る這ひ来る霧に体冷えつつ

おのが身体ザイルに繋ぎ寝《い》ねむとす薄明までのあと数時間

雪原にわづかな眠りに入らむとき東《ひんがし》の空に光るペガサス

菩提樹の木立吹き来る風爽か露台に昼の眠り覚めたり

人集め薬草ひさぐ傍らにペリカン一羽立つはわびしも

ブルハーン汗

バザールに物乞ひすがるも蹴散らして進み来たるも皆パシュトゥーン*

*パシュトゥーンは北西辺境の民、パシュトゥ族。

暑き夜半目覚めて居ればヤコウボク密かに窓に香に立つものを

君がオアシス十度訪ひ来て十度くむ葡萄の酒は君が手造り

悪しきモスリムより日本人を好むと言ひ切りぬ白きあご鬚樹下に撫でつつ

日本軍兵士《ジャパニーズ・ベテラン》がみな輝いて見えたといふヤマシタに捕はれしシンガポールに

オアシスに妻得て住めと言ひましき友失ひて帰り来し朝

インダスの流れにつきて幾日か手帳に挟む朱《あけ》の樫柳を

スタイン記しし十戸の集落残りをり半世紀に人口二人増えしのみとぞ

河岸段丘二つ越ゆれば君が館馬は巧みに踏跡ひろふ

羊の香しるき国より帰り来て朝々掬ふ白き支那粥

鷗外旧居

林太郎安らかに死す帰るなかれドイツの於菟宛電文一通

ビルの底に小さき鷗外旧居跡庭石一つ在りし日のまま

桜散る園を巡るは我らのみ行きゆきて貝多羅の青き梢よ

青海湖《ココ・ノール》へ

煙霞淡泊といふ文字選びて印誂ふ石を撫でつつ客待つ老に

碧きペルシアの盃を一つ得つ泉々に清水掬むべく

黄金色の葉煙草ゆたかに積む街路値を争ひて激しき会話

香ばしき烤鴨《カオヤー》割きて勧むればモンゴルの野を懐かしむ声

甘粛の山深く来て今ぞ見る黄河は細くここに澄みたり

氷河より引きて流れの豊かなり人は住みつぐ羊皮まとひて

祈禱旗はちぎれむばかり風に鳴る甘粛西蔵境ふ峠に

菜種の黄尽きてラヴェンダーの花しげし今ぞ踏みゆくチベットの土

ラサを見ぬまま逝きしヘディン思ひゐき青き塩湖の水のほとりに

食らふ楽しみひと月ばかり忘れゐて今朝吾が前にパンとコーヒー

イン　ウイノ　ヴェリタス

「酒《イン》に《ウイノ》まことあり《ヴェリタス》」と古き賢き言葉あり共に出でむか秋づく街へ

「酒《イン》に恵《ウイノ》みあり《ベニグニタス》」と聖も言へば街行きて友と分たむ今年のめぐみ

ヤルフーン河懐旧

㈠

オアシスの空を思へと賜ひたり藍の色こき青金石《ラピス》一塊

樓蘭出土の麻紙に妻子の安否問ふ藤三娘に似て勁きその文字

人住まぬ砦を深く導かれ君がうからの内訌史読む

息呑みて吾は見てをり鹿の群朝の狭霧に消え行くまでを

雪豹の毛皮背負ひて老来る火縄銃にて去年《こぞ》仕止めしと

凍てつきし山靴炙るすべもなし寝袋に吾と一夜明けたり

はるか上に近づくを拒絶して立つ山々われら氷河の中に小さし

六〇〇〇メートル地点の氷に取り付きて動かぬドイツ隊芥子粒の如くに写る

ピッケルを幾度もはね返す蒼き氷足場を刻む掌のむくみたり

雪の橋《スノー・ブリッジ》㈡危ふく渡り息を衝く真昼の氷河ただ静かなり

心をののき氷河の裂け目跳びしこと目覚めし夜半のテントに思ふ

ヨーグルト朝のテントに運び来る襤褸に白き胸乳押へて

身にまとふ衣服はわわけ下《さが》るとも碧澄みたる瞳美し

ヨーグルトはダヒ　チーズはクルット　パミールの語彙を残して羊飼ひ去る

身ぶりにて聞き出しし語彙増え行きてテントに過ごす雪の日楽し

靴いだき氷河に寝ねし七日間餅《もちひ》一枚下山の朝餉

陸中平井賀

陸中の断崖《きりぎし》迫る宿に見つ楷書清しき君の詩ひとつ

深田久彌遺墨

遠く来て海鞘《ほや》食ひ海のひびき聞く深田久彌のこと語りつつ

海の音一夜聞きたる平井賀の青き入江よ立ち去り難し

平成三年

インダス川処々

インダス川豊かに澄みて流れゆく西より濁りし大河併せて

インダスに何漁るか老一人大き手網を構へ動かず

アレキサンドロス渡りし地点はことといふ濁りし大河とどろきて合ふ

舟あまた繫ぎてここに橋となすアレキサンドロス軍北上渡河点

首長きシタール抱へ弦弾《はじ》く日本とも西洋とも異なる調べ

紅刷きて生き生きとせる胡の女へディンが芥より拾ひ上げし絵

獲物追ひ国の境も越えゆくと銃みがく老よ隻眼の瞳こらして

播植滋《シゲ》ラズと玄奘記しし谷行けば限りも知らず麦うるる丘

氷河の向うに白き山々せり上り吾は近づく胸高なりて

二段《ふたきだ》に崩れし氷瀑百メートル一段のぼりこの日暮れたり

三千メートル直下に緑地も吾がテントも見ゆランドサットの地図見るごとし

海藤東海夫氏逝く

蒙疆にわが見ぬ木草一生かけ詠みにしものを今は亡きかも

うつつには会ふなき君か『棟花集』のどの頁にも木と草詠ふ

ホロンバイルに君の詠ひし飛燕草けぶるむらさき天山に見き

西域にひと夏採りし草の名を問ひたかりしに逝きたまひたり

辺境夜譚

君の住むオアシス目指し速歩する蹄鉄変へて馬軽やかに

君が館覆ひて篠懸《チナール》繁れれば十度来りてその下に立つ

靴下二枚重ねてテントに過す夜々灯火したふ蠍《さそり》恐れて

大いなる酩酊ののち目覚むれば琥珀の盞は卓に輝く

菴羅《マンゴー》食らひ落ちしオウムの説話よむその実むさぼり過ぎし幾夏

西王母桃の扁《ひら》たきその実につひに会ふ漢回雑居のバザールの奥

このオアシスに火箭とび交ひし夜を記す百年前の辺境史には

落合京太郎先生を悲しむ　平成三年四月六日逝去

西域の沙に採り来しタマリスク終の御歌の頁に挟む

天駆けるさまに仰ぎしことも悲し最晩年の御歌かずかず

上海版湛然居士集*よろこびてトルファンの葡萄詠みたまひしに

*湛然居士はチンギス汗の政治顧問、耶律楚材の号。

君の本頼りて行きしマラッカに鉛のごとき海の色見つ

探しあてし「丘の聖母」会堂跡カピタン某の石文も見き

円仁を玄奘を尊ぶ君の御歌柳の蔭の石に座し読む

夏帽子置きて朗らかにビール飲みき歌会果てたる夜の地下街に

鶴の如き背をかがめつつ由比の浜に宋の陶片拾ひくれしに

西のはて流沙に苦しむ僧の文に君の求めし草の名は何

西域再賦

㈠

朝の胡同に老いたる者は集ひ来る手に手に小鳥の籠を下げつつ

道の辺に古玉さまざま並べたり悠々と待ち悠々と売る

トルファンの空青く澄み果てしなし土には稔る麦も棉花も

漢の世の瓦のかけら二三片拾ひ何せむ交河故城に

千仏画見上げて吾は息呑みぬ仏の眼ことごとく欠く

四方より驢馬曳き駱駝曳き市めざす雲かとまごふ砂けむり上げ

法顕も玄奘も果てしなきこの沙踏みたるか遠く天竺に努めし二人

三千メートル越えし氷河の麓にも麦は熟れゐて人らいそしむ

夕映のあくまで赤き崑崙に湖静まれり吾も眠らむ

羽毛服まとひて夜の明くる待つ朱に輝く雪仰ぐべく

(二)

哈密《ハミ》の瓜食ひ足りしばしまどろみぬ楊柳二条蔭つくる中

沙礫はるかに青き湖浮かびくる虚とも実とも見極めがたし

草丘をいくつも越えし道のはて天山は新しき雪をかぶりて

塩袋背に括りたる山羊の群南《みんなみ》はるかワハンを目指す

沙漠の道に行き会ふは迷彩色のトラックのみ一路平安と声かけて過ぐ

大き黄河上りのぼりてここに見る未だ濁りて豊かな流れ

長き旅終らむとして蘭州の路上に得たり香に立つ甜瓜

平成四年

ハルマ和解

蘭学の栄えし跡の学舎にて吾はつとめき二百年のうちの二年《ふたとせ》

江戸の世に励み写ししハルマ和解少し虫喰ひてここに残れり

遠く来て文明久之助の碑を見たり青き花つけし桜の下に

幸うすき童女の小さき墓一つ伊夜比咩《いやひめ》といふ名を刻みたり

ヤルフーン河再賦

㈠

客を待つ車夫いくも人も眠りをりクリシナチュウラの花の木の下

熱帯の空覆ふ雲のいく柱スコールを待つ裸の童子

苗放る仕草日本の農に似てこの国は再びの稲植うる時

日焼けせる腕に文字彫りて皆わかしプールサイドの帰休兵たち

茉莉にほふ窓に馬蹄のひびくのみマリー・ロードの夜も更けにけり

蠅散らし熟れしマンゴー運びくる履かずまとはずわづかに褌《ふた》ぐ

刀揮ひ甘蔗を割きてすすらしむあご鬚赤く染めたる老が

㈡

金銭のすでに用なき土地に入る一日《ひとひ》の労賃は茶のひとつかみ

峠一つ越ゆれば黍も麦も青し今日より歩むヤルフーンの谷

角太き山羊先立ちて群を統ぶ後《しんが》りは獣皮をまとふ少年

紅《くれなゐ》の芥子あざやかな村過ぎて氷河抱ける山に近づく

ヤルフーンの谷狭まりてくもる朝粉雪のごとく柳絮ただよふ

ヤルフーンの流れにつきて十二日氷漂ふ岸に今朝立つ

パミールの草喰ひ肥えし羊なり価は煙草五箱にて足る

吾がテントの前にひねもす皮なめす異邦人見るは十年ぶりと

(三)

草敷きて寝るも今宵を限りとしペチュスの氷河上らむとする

パミールへ入る道雪の鞍部《コル》に見ゆ吾が居る山よりもはるかに低く

対岸のカンクンの峰の空青し吾が居る氷河雷しきりにて

氷河より帰らぬ友待ち二夜過ぐ言葉通はぬ人らの中に

友らいま谷のいづこをさまよふか雪は降り積む昨日も今日も

コヨ・ゾムの氷壁蒼し友呼ばふ吾が声かへる静寂《しじま》乱して

ヤルフーンの氷河を照らす青き月まぼろしだにも帰り来れよ

日本の空に見ぬ星書きとどむ友の残せる日記を読めば

ヤルフーンの牧童一人吾を迎ふ柳の枝のアーチ造りて

氷河いくつも渡りてシグナンより運びくる江西景徳鎮出品の碗

たぎる油に山なす羊肉投げ入れて釜囲み待つ老も童も

もろともに人も駱駝も眠るべし隊商宿《サライ》を照らす青き月かげ

ジャー・ジナリ源流行

＊七～八月、東部ヒンドゥ・クシュ山脈最奥のシャー・ジナリ峠（四二五九メートル）を目指す。妻輝子と岩切岑泰画伯同行。

㈠

子にあてし手紙机に収めおく辺境の山へ出で立つ朝

心地よく喉通りゆくサンミゲル　モスリムの国へ向はむとして

給油終へてドン・ムアン空港とび立てば今日三度目の機内食来る

米に肉にスパイス強き香り立つ長き飛行に目覚めし時に

電気引き道ことごとく舗装せり年経て来たるオアシスの町

㈡

木蔭なく水なき道に苦しめど語り合ふべき妻が今日は居る

星座系乱して移る星一ついづこの国の造りしものぞ

八月の炎暑にかつて踏みし丘ジープはたちまちに越ゆ新墾《あらき》の道を

行きくれてかの日眠りし岩のかげ今日見れば切り立つ断崖の上

吾がために氷河の水をくむといふ少年は檉柳の花の茂みに

人の住む境を出でて幾日か雪山は迫る紫の光帯びつつ

㈢

鉄の女とワリ・コリ・シャーの言ふ聞けば宰相ならず足強き吾が妻のこと

西遠く開けし峡に月澄めばひと夜眠らむ露おく草に

この谷に神いますなら行かしめよ氷河の氷崩れぬうちに

力尽し岩伝ふ妻の後かげ写さむとして思ひとどまる

肩組みて氷河の流れ渉りゆく妻をいたはるゆとりなし今は

水勢にたぢろぐ妻の手強く引く今ただ吾は必死なり

氷河の裂け目を前に動かぬ吾が妻に目を閉ぢ跳べと吾は言ひたり

ヒンドゥ・クシュの谷深く来て妻と見る地図に名もなき雪の山々

谷へつり氷河渡りて妻も来る「駱駝の瘤《クーアンハ》」と呼ぶ大き山を見に

日のささぬ地隙の底を一日来て滝はとどろく吾が頭上より

(四)

谷の空燃え立つごとき朱の色泉々の音たのしげに

流れ渉りもろき氷河も上り来ぬラシト・ガリーの森に寝るべく

旧約の世を見る思ひ獣皮まとひ斧を手にして羊飼ひ来る

岩の上に額づき祈る老一人みるみる夕日は雪山に落つ

パミール葱の種子収めつつかなしめりインダス河源に妻と立てるを

獣皮重ねし足ごしらへの老は言ふ午後の徒渉は危険多しと

幹曝れて大き柏槇岩に這ふ吾も祈りの石一つ積む

端座する仏のそばに象を彫り駱駝を彫る古き時代の線大らかに

回廊を巡らす五層の古き家ひそかに訪へば仏足石見す

肉あぶる煙の中を妻と行く夜のバザールの路縦横に

平成五年

インダスの磨崖仏

賜ひたるジャマイカのコーヒー一袋わがひと月の旅支ふべし

杏花くれなゐ李は白く咲ききそふ法顕行きしインダスの道

村あらば吾ら三人を容るるべし花はくさぐさ行く先きざきに

インダスの沙に微笑む仏あれば杏花ひと枝吾がたてまつる

カシュガルへ北一千キロの道しるべ老いて法顕のたどり来し道

己が荷に吾が荷ものせて山越ゆる老の歩みは吾よりも速し

氷漂ふ水上はるか友二人行きて帰らず吾が若き日に

生きてあらば円かなる老い迎へしやかの日の氷斧携へて来ぬ

夕茜はるかな雪の山ひとつ友の名呼ぶに何はばからめ

夢に出づるは少年のごとき友の顔とはの微笑み吾に残して

河二つ相合ふところ昨日見て今日は氷河となりしインダス

宵の詠唱《アザーン》終れば星の清き夜流れはひびく暗き方より

函館・江差

この町の狭き暮しを嘆くなかれ老いの至るは未だ間のあり

山かげに幕府軍八百余名を弔ふ碑建てし者の名つひに記さず

晴れやかな声のいざなへば行きて見む厚沢部《アッサベ》川を落ちゆく鮎も

いつの世の砲台跡かハマナスの朱の円ら実結べるかげに

鷗外の史伝を読みてあこがれし波響の画を見る海の辺の寺に

この海を越えて江戸への幾百里藩保たむと一生努めき

緋の色の夕雲は丘の上に立つ空港に君と別れむとして

君の住む岬見えしも瞬時にて飛びゆく夕雲のかがよへる中

ウルドゥ語放送

吾が歌をウルドゥ語放送は伝へをり日本の言葉少し交へて

オアシスの村へも届けこの電波吾が友ナビを詠みし歌なり

カブール博物館長モタメディ氏逝く

スタインの墓のあり処へ導きし君も病ひにつひに仆るる

吾が行きしヒンドゥ・クシュの西の果てに日本人の妻いつくしみ君は逝きたり

思ひきや廃墟となりしカブールを水清かりし川も浅せたり

ソ連軍カブール侵攻のその朝《あした》君は妻と子逃がれしめたり

平成六年

加賀大聖寺

深田先生生れし町のどこからも白山は見ゆ雪たをやかに

鉄砲町魚町すぎて中ノ町紙商深田屋今も栄ゆる

山靴に雪踏み吾が結婚を祝ぎくれし深田先生もなし樋口氏もなし

しばし行きて町並は低き山に尽く清き川辺に君は育ちし

若き友としばしば雑誌に書きくれし吾はただ吾が先生と思ひ居りしに

読み書き歩いたと碑文記しし妻ぎみもひとつ奥津城に今は安らふ

限りなく雪ふり積みし日の縁《えにし》年へて御墓に妻を伴ふ

書きたきこと書きて登りし山幾百清しといはめ君の一生は

諏訪

阿弥陀寺への道のぼり来て手に掬ふ氷柱を伝ふ沢水あれば

虫眼鏡にのぞく七十年前の唐沢安居会浴衣着て坊主頭の少年は誰

二階より下り来て五味先生は問ひましきアララギの歌は面白いかと

酔ひて帰りし吾は一人の夜食とる諏訪の沢庵コリコリと食む

また更に減りし酒量か酒のなき国に過しし夏を境に

送り来し地図に大三島井ノ口の位置を知る島の蕨の萌え出づる頃か

近江から若狭へ

峠越えて木々は萌黄のひとつ色いま安曇川の水源に入る

足利も細川もこの谷に乱を避く寺に小さき庭を残して

岩タバコ楤の若萌鹿の肉朽木村にて吾が食ひしもの

万木姓ここにもありと妻は言ふ近江今津にバス待つ間

遠く来て朝明の海に詠みましし山田三子とはいかなる人ぞ

東条と表札かけし小さき門義門の墓は道より拝す

瀬戸内の島

源氏も平氏も競ひて太刀を捧げたり錆びて幾振残るもあはれ

磯伝ひ神の社に詣づれば成り余るものを秘かにまつる

マグハヒは目に見交すことと説明す戦中版の古事記頭注

インディカ種食ひて過しし幾夏ぞジャポニカ無きを吾は恐れず

君と並び眠るは今年いく度か明日は与謝《よさみ》の海へ向はむ

西域に吾が見し檉柳ここに咲く朱の花房数限りなく

神保町界隈

更地のまま幾年経しか「弓月」の跡ともに飲みたる大方は無し

庄内の魚つむ暁のトラック便ともに荷下ろしき雪降る跡地に

柴生田稔と唐木順三連れ立ちて暖簾くぐる所ただ一度見き

柴生田君に一度会ひたいと言ひましき茅ヶ岳に逝くひと月前に

亡き人の蔵書早くも市に出づシェルパら書きし名をも列ねて

原稿紙に画の正しき君が文字私信といへどおろそかにせず

本の行方に話及べば落合先生大笑す「君はぼくより三十も若い」

古本屋は君の死ぬのを待つてゐる揶揄せし人もこの世に在らず

吾が手離れし後に如何なる人が読む書棚に重きヒマラヤの本

売り払ふリストに入れてまた迷ふヘディンの署名あざやかなれば

死ぬるまで手を抜かざりし歌七千われを鞭打ち吾を励ます

吾が好むアフガン・メロンも熟るるといふ友待つ猛暑のペシャーワル市に

シャー・ジナリ峠行

＊七月～八月、関口磐夫氏同行。八月半ば、峠（四二五九メートル）に二十五年ぶりに立つ。

㈠

額に腕に汗は噴き出づペシャーワル空港の気温まさに五十度

支那人か馬来人かと問はれつつ暑きちまたに物喰はむとす

車にのる一瞬ヴェールをはづしたり黒衣の中の瞳涼しく

土粗く焼き足らずとも奔放に野の花描くアフガン三彩

オアシスに世々培ひし君の畑麦は穂はらみ岡を覆へり

このオアシスに君の迎へし日本人幾千か食客われを手始めとして

別れ際に頬寄せて来しリード嬢ラヴェンダーの香のほのか漂ふ

（二）

この年も吾が荷を運ぶ友六人それぞれチャパティを分厚く焼きて

君が庭の泉に一点の濁りなしのどをうるほす一杯また一杯

まれまれに山に湧く雲のかげ恋へど吾が居る谷を覆ふことなし

崑崙越えてこのオアシスに来し求法僧一人くらゐ日本僧も足とどめしや

この夏の降雨数ミリ　モゴランの森の泉も涸れ果ててゐつ

録音機を前にポーターら歌ひつぐ焚火囲みて野営の夜を

ハルデシャーの泉にワリは吾を待つ熱き塩茶を鍋に満たして

地形図の模型《モデル》の如き扇状地いくつも越えぬ氷河踏むべく

日の没りし方に向ひて人は祈る岩の台地に身をひれ伏して

屍《かばね》には美酒を注げとペルシアの詩われには氷河の水あればよし

氷蝕の谷奔りくる水清し牛もわれらも相寄りて飲む

パミールより吹きくる風の快し氷河にいこふ吾が頬を撫づ

ドイツ製のストックはよく手になじむ氷河の裂け目思ひ切りとぶ

たぎつ瀬に落ちゆく岩の音激し奈落の如き谷横切《よぎ》るとき

もろき岩場越ゆればガレ場のトラヴァース恐怖感ずるいとまさへなし

澄み切りし水噴き上ぐる泉ありパン焼き茶を煮て吾ら楽しむ

ヤナギラン編みて吾が胸飾りくれき若きポーターははにかみながら

㈢

十日後に再び来むと言ひ残し人ら下りゆく飛び去るがごと

日の落ち方に早くもまたたくか人の造りし星は今宵も

岩の間にしたたる水はただに澄む流れてカブール川に注ぐしたたり

パミール葱を和へし若布の美味しうまし今宵妻子を思ふいとまあり

風露咲きパミール葱は実を結ぶ高度四〇〇〇峠は近し

綿毛付けエーデルワイスは群れ咲けり四〇〇〇メートル越えしと思ふ沢のほとりに

三十年前の記憶はうすれゐき峠に積みしケルンのほかは

友失ひ一人越えたる日を思ふ物音絶ゆる峠にしばし

峠の岩に高度計の数値記しおく地図に見しよりいくらか高し

谷遠く雪をかぶりて立つ山々いく度も来む真幸くあらば

雪のしたたり集めてここに轟ける水を浴びたり九日ぶりに

アポロ蝶いづくに翅を休むるか氷河の上を軽々と飛ぶ

高き峠も倦むなく越えしショーンバーグ一生不犯の牧師にて死す

わが生れし年に英人一人越えゆきぬパミール果つるこの峠路を

㈣

みなもとの氷河踏みしは十日前今日見る大河となりしカブール川を

パンパス・グラスの白き輝き果てしなしカブール川の彼方の岸に

吾がために幾度も網打つ少年よ魚籠《びく》には躍る鮎の如き魚

その父に承けし生計《たつき》の安けしと少年は言ふ魚を揚げつつ

ほのかなる光木の間にたゆたへり思ひきやこの国に螢見むとは

平成七年

会津早春

男同士などと言ひつつぎこちなし息子伴ふ旅の会話は

林羅山記しし藩主の事蹟読むそのほめ言葉簡潔にてよし

若松城ひと月支へ死にたりし曾祖父の名も墓処《はかど》も知らず

魚積みしトラックは雪道に列をなす豊かな会津を亡き父は知らず

テーブルにあふるる海のもの山のもの子は余すなし魚の眼《まなこ》も

ふるさとの雪山見むと入り来たる谷のいづくか雪崩とよもす

丹後数日

遠く来し丹後の国の遅き春楤の木あれどいまだ芽吹かず

海も陸《くが》も春の光にまどかなりなかんづく心ひく白花タンポポ

与謝の海に勇魚《いさな》を追ひしゆかりの碑苔を掃へば「在胎鯢子」の墓

間人を「たいざ」と訓むこと今日は知る穴穂部皇后の跡も過ぎたり

古墳いくつか過ぎて竹野の小さき川古代説話教へたまひし竹野長次先生の里

夜半覚めて海のほとりの出湯浴む青くまたたく天狼星《シリウス》見つつ

朝に夕べにテレビは映す人殺めてひとつ邪教の亡びゆくさま

旅のつかれの眠り妨げ地下鉄にサリン禍伝ふ今日の夕べも

向島・寺島町あたり

歩み疲れし妻も生気を取りもどす子規にゆかりの団子食ふとき

墨堤のグランドに見えて四十年王貞治は体大きな少年なりき

隅田川の橋の名大方われは知る父のリアカー押して渡りき

地蔵坂今に残れど露伴旧居も木母寺の道も思ひ出だせず

川べりの街の変容限りなし高層の窓に空ゆく雲を映して

上州川戸行

この古き湯宿もやがてダムの底ひびく瀬音も君がよすがぞ

「諸君の見るは私の寝小便の跡ばかり」哄笑しばし三十年前の東京歌会

豊かにも響く筧の水きよし頬ぬらし飲む今日いくたびも

白砂山越えむ願ひの久しくて今日見る峡の芽吹きの上に

隠沼に潜《かづ》ける鳰を見るだにも吾が感傷のとどまらなくに

君が在所に在りし日のもの多からず青き榛名も雲に隠るる

楤の芽

栽培の楤の芽も売る今の世にその木自生す山をおほひて

わが妻も額に汗し楤を摘む小さき鎌に枝引き寄せて

雪踏みて尾根に上れば東《ひんがし》に雨飾山愛しけやし耳二つ見ゆ

安曇野に採りし楤の芽やはらかく三日食らひて飽くこともなし

ブルハーン氏逝く

＊七月六日、パキスタン北西辺境チトラールの居館で銃の暴発により死去。

人一倍銃の暴発をいましめし君なるに嗚呼銃に落命す

オアシスの峡に弔砲轟くと君を葬りし日のさま伝ふ

オアシスの真澄の空をわたる月宵々仰ぎ飲みき語りき

山の端に暁の月白むまで語りきチャンドラ・ボースをインド独立を

館より空港までの長き道馬並め行きき飛行機待つと

オアシスに空港経営手伝へと吾が行く末を危ぶみ言ひき

鬚をもて脂ぬぐひつつ肉食みきチムール汗の末裔君は

オアシスを旅する楽しみの一つ消ゆ父とも仰ぐ君なき今は

越中立山

軽きパイプ組めば自づと立つテント山の道具もハイテク進む

妻も子も寝袋に安らかに寝息立つ幸と言はむかかくある今を

望の月今し立山の上に出づ明日は越ゆべし妻子も共に

ヒマラヤに居るかと一瞬錯覚す雲の切れ間に氷蝕の谷

汝が立つは立山最高所の大汝三〇一五メートルの標石を見よ

妻も子も古きケルンに石加ふ三十五年前に吾がせし如く

電光走り雷はしきりに炸裂すこの時小屋に声なし吾ら

ブランディをひとくち妻子に含ましむ雨の山稜を行かむと決めて

遭難の事例いくつかよみがへる吾はその轍踏むと思はねど

先きを急ぐなと妻はしきりに声をかく濃霧とざせる吾が後方《しりへ》より

霧の中に一瞬青き屋根の見ゆ今宵宿らむ鞍部の方に

鈴鳴らし霧のこの山越えたりし幸うすきまま逝きし弟

李陵の詩

蘇武に与へしバイカル湖畔の李陵の詩愁ヒヲ銷スハ酒ノミとあり

酒に憂ひを銷すに東西の区別なし女《をみな》と子供の知らぬ楽しみ

ボヘミアの森に哲学育てしハイデッガー亡き今に知るナチたりしことを

カシミールの山のはざまに暮らしたるスタインは如何にせし万巻の書を

数冊づつ本売り払ひ酒飲みて死にし人あり妻持たざりき

書くよりも本探しゐる時多し蟻の巣に似る吾が地下の部屋

平成八年

ペシャーワル・キサハニ・バザール

いち早く逃れし者ら商ひて富みて店持つ難民なれど

世界一のダビドフ・タバコここに高く積む一箱百円の値札を下げて

どんな抜け道くぐりし品かナショナルもソニーも廉し日本よりは

古の布路沙布羅《プルシャプラ》の石畳ひそかに手招くヴェールの女

よく見れば布もタバコも他国の産広く蒐めて易々と売る

豆はじける如き響きは路地の奥主義異なれば今日も撃ち合ふ

アフガン三彩見むと踏み来し石畳大皿を挽く老も今なし

今日写すはソ連去りし後のカブール博物館われし仏頭床に散りぼふ

七日居て七日通ひしミューゼアム釈迦立像にも弾痕しるし

ユネスコの保護もここには及ばぬか何処に行きしやタバルガンの黄金遺宝

「神のまにまに《インシャラー》」祈りて地雷原突破せし一つトラックの十数家族

高昌国亀茲《キジル》崑崙庫車疏勒《クチャヤソロク》一生をかけしわが夢の跡

蝦夷松前

椿姫と刻むは松前藩主夫人の碑京より嫁ぎて海の辺に逝く

遠く来てハマナスの実を手向けたりやうやく見出でし波響の墓に

毒矢にて仆れし者も多しといふ蠣崎波響の率ゐし軍は

波響描きし夷酋列像見たくあれど余りに遠しブザンソンは

ブット女史歓迎会

＊チトラールのブルハーン殿下の許で会ひし日より、二十五年ぶりの再会なれば、

日本人は君の味方と思へかしヴェールはづして近づきたまふ

オアシスに語り合ひしを記憶すと吾らの手を取る涙浮かべて

二十五年は夢の如しと言ひたまふその時の少女は首相となりて

富士山より倍も高いとほほゑみきオアシスの上の雪山見つつ

日本人を尊敬すとも言ひたりき涼しき瞳を吾らに向けて

ひたすらに国の未来を語る君軟禁と亡命の半生に触るることなく

したたかな首相と記す記者たちも知るなし直かりし少女の君を

パキスタンの人ら近寄らぬ一角に酒ありイスラム風の晩餐なれど

なれてしまへばこれほど美味い物はなし羊の骨付き思ふさま食ふ

以上　三五九首

紀行・チトラール風まかせ

―シャー・ジナリ河源行　'92年夏―

㈠　北西辺境へ

一九九二年の夏、久しぶりにチトラールを訪れた。前回のティリチ氷河行（一九八七年）から五年たっていた。同行の妻輝子は、実に二十一年ぶりのチトラール詣でなのだ。その時はヒマラヤン・ハネムーンを兼ねた旅で、ブニ・ゾム山群東南部のレジュン谷へ入ったのだが、今回はチトラール最北部のトリコー河源流からシャー・ジナリ谷水源を目指す旧婚旅行を目論んだのである。エスコートしてくれたのは、友人の岩切岑泰画伯。この山岳画家とは、五年前のティリチ氷河行でも、ひと夏一緒に過ごしているので、気心が知れている。

　私と岩切氏は、長年の高校教師生活から退職したてで、ワイフは現役の音楽教師というトリオ。それぞれが今度の旅で、作歌（私はアララギの歌詠みである）、民族音楽の採集、山岳画の制作という目標を掲げている。どんな旅になるか楽しみだった。

　七月二十一日の午前四時、成田出立。翌二十二日の早朝三時四十分カラチ着。国内線に乗り継ぎ、午前十時には北西辺境の古都ペシャーワルへ着いてしまった。全く順調なすべり出しである。前回の主要装備のかなりの分量をチトラールに残置しておいたおかげで、個人装備のほかには、山中滞在用の食糧十数日分が主たる荷物だ。制限重量内で済んだため、スムーズに移動できたのであった。

　例のごとく暑熱のペシャーワル空港から、定宿のディーンズ・ホテルへ直行。道の両側にそびえる菩提樹の並木を見ているうちに北西辺境へやって来たという実感がこみ上げてくる。ホテルの料金は五年前の丁度倍額、一泊一〇〇〇ルピー（一ルピーは約七円）にはね上がっていた。そこで、あまりフレンドリーとはいえそうもない感じのマネージャー氏に、いつものせりふを一発。「私は貴君の生まれる前から、このホテルを定宿としているミスター・カリベである。もう少し、安くならぬものだろうか」と言うと、ひと思案ののち、彼は「O・K、サーブには二五％引きの特別割り引き料金にしましょう」ということで交渉成立。日本流にいうと、ダブルの寝室の付いたスウィート・ルームを二つ確保。早速ミルク・ティーを持って来てもらいひと息つく。

このホテルは、広い敷地に平屋建ての客室が二棟長く並んでいて、門を入るとすぐ左手に広い芝生の庭、右手がフロント・ロビー、食堂があり、パキスタンでは有数ののんびり過せるホテルだ。ラワルピンディのミセス・ディービス・ホテルが、設備はともかくとして、同じようにゆったりしたホテルだったが、とうに廃業してしまった。二つとも多くの登山隊、トレッカーで賑わったものだが、それも昔語りとなってしまった。今やパキスタンでもシティー型全盛の時代で、効率の悪いタイプのホテルはどんどんなくなっていく。

この街で何はさておき、やっておくべき仕事は、帰りのカラチから成田への航空券の再確認。約一ヵ月先のフライトだが、これはすぐ席が取れた。問題はチトラールへの便だ、PIAオフィスの担当者が見せてくれたチトラールへの予約者リストは、何ページにもわたるもので、これでは毎日ダブル・フライトがあったとしても三、四日かかってしまう。担当者は親切に明日もう一度来るように言ってくれたが、私は陸路でローワライ峠(三一二〇メートル)越えを決行することに腹を決めた。フライトなら四十五分ですむが、車だとまず十五時間の強行軍、つらい選択である。

この日、二十年来の友人カリッド・カーン君と連絡がとれ、当地第一のタンドリ・チキンの店、サラ・ティーンへ久しぶりに連れて行ってもらった。なかなかの繁昌ぶり。店内も小ぎれいになっていた。カリッド君はチトラール大守家のブルハーン・ウッディーン氏の顧問弁護士でもあり、今はペシャーワル最高裁付きの弁護士に出世している。日本にも再三やって来たが、先年結婚してからは、日本へ一人で行くことまかりならぬと奥さんの厳命を受けている由。東京は敬虔な回教徒を堕落させてしまう所だからね、というのが彼の弁だ。

ペシャーワルといえば、北西辺境の古都。その雰囲気を濃厚に残しているのが、旧市街のキサハニ・バザールだ。前記のサラ・ティーンもその中にあるが、久しぶりにもうもうと煙を上げる焼き肉屋や茶店をのぞき、雑踏する迷路のような路地を徘徊しているうちに、この街にどっぷり浸っていた若いころを思い出した。金はなくとも、人一倍元気だった二十五年前を。そんな束の間の感傷を吹き飛ばすように、同行の岩切画伯とわが女房どのは、元気よくバザールを歩き回る。

画伯はこの街について、「夜の暗さが街のホコリを隠していたが、人々と騒音とバザール特有の匂いは、相変わらず強烈。沢山のスパイスが効いて、相当に灰汁の強い街の体臭である」と感想を書きとどめている。

サラ・ティーンで会食していた時、明日はカリッドがディールの近くまで車を出してくれることになり、ホテルへ帰ってからバタバタと荷をまとめた。そのあと、幸先を祝って、皆で「悪魔の水」で乾杯。

年々に変容する辺境の地

七月二十三日、昼ごろカリッドがスズキ・アルトに乗ってやって来た。屋根の荷台にザックを四つくくり付け、四人乗り込むと満杯だ。ひとまず、ペシャーワル大学構内のカリッド君の仮住い（彼の本拠はマルダンにある）に寄り、その夫人、ヴィヴィ・セキーナ女史に会う。ペシャーワル大学を出たインテリで、くせのないきれいな英語を話す。しっとりとした中年美人。兄が経済学教授、義兄が眼科手術の権威というインテリ一家の出だ。

一時半、夫人に見送られて、いよいよ出発。カリッドの運転ぶりは今回初めて見るが、慎重な安全運転。しかし八〇キロくらいのスピードでマルダン街道を北へひたすら走る。右手に鉄道、所どころにアフガン難民の住む土の家屋。左手にカブール川の満々たる流れが見えてきた。


三時半、シェガードの町で休憩。カリッド一族の経営するタバコと砂糖の集積所だ。支配人がこのタバコを使ったフィルター付きの銘柄品を三つ四つ持って来てくれた。日本のマイルドセブンといった感じのタバコで、もっと味がこい。東京の住所を知りたいというので、何気なく書いてやったが、後でカリッドから住所はあまり教えない方がいいと忠告される。近年日本へ出かせぎに行く者が多く、迷惑をかけるからと言う。思い当たることもある。気を付けよう。

四時、ダルガイ着。鉄道の最終駅でもあり、かつての英領時代、ここからカルカッタまで汽車で行けたのである。いよいよマラカンド峠の上りにかかる。乗客を満載した大小のバスやトラックがバンバン疾走してくる。相変わらずの賑わいだ。大半はスワートからの車のようだ。

標高八三五メートルの峠を難なく越えて、スワート側へ下る。カーブは多いが、涼しくて気持ちがよい。バト・ヘラの宿場では、スワート川近くのドライブインで大休止。うらの芝生の上にチャルポイ（縄あみのベッド）を置いてもらい、カリッド夫人手作りのランチをご馳走になる。柳の木蔭を風が吹き抜け、豊かなスワート川の岸辺で遊ぶロバや人かげが逆光に輝き、なんとものどかだ。

かつてこの宿場をチトラール側からジープに乗って通

ると、夜間は必ず、通せ通せないと縄張り争いのひと悶着が起こった所だ。今では街道の両側は商店が新しく建ち並び、大きなバザールとなっている。一年ごとに辺境はその姿を変容させて行くようだ。そういえば、物乞いの姿もずい分少なくなった。

チャクダラ砦の鉄橋のそばで検問を受け、そのあとは、ディール領の南部平原地帯を快走。たんたんとしたポプラ並木の中の涼しい道。夕やみ迫るころ、パンジ・コーラ川沿いの宿場デマルガラの町へ着く。かつての寒村は今では各種の車が集まるターミナルに変身。沿道にはガソリン・スタンドもたくさんあった。

「悪魔の水」が豪雨を呼ぶ

今夜は町を少しはなれた高台のゲスト・ハウスに泊まることになっている。カリッド君の手配によるものだ。各官庁の山荘が何十戸か集まっている中の一つ。真新しい真っ白な建物と手入れのよい芝生。対岸にブルハーン氏の親類の家という城砦のような建物が見える。多分、王族の館であろう。彼我をへだてるパンジ・コーラの満々たる濁流。諸方から炊《かしぎ》の煙が立ちのぼり、電灯が明るく輝きはじめる。そして、礼拝をうながす夕べのアザーン（詠唱）が谷々にこだまする。

夕食後、再び「悪魔の水」で明日のチトラール入りを祝したのがたたったのか、真夜中から物凄い雷雨となった。峠の南側の上り道が崩れたら大変なことになると心配したが、ここでヤキモキしていても始まらない。それぞれ広い寝室に陣取って眠りにつく。

二十四日早暁、さしもの豪雨も収まっていた。ここのチョキダール（管理人）は優秀、建物の内外がきちんとしている。折角立派な建物が出来ても、チョキダールが手を抜くとひどいことになる。このおじさん、見事なあご鬚をたくわえ、白い帽子に黒いチョッキがぴたっと決まっている。朝食のオムレツもうまい。チョキダールに栄光あれ。

九時半、デマルガラのバス・ターミナルでチトラール行きの小型バスをつかまえる。しかし、十五人分のシートが全部ふさがるまで発車しない。たくさんの車がそれぞれの方向へ出て行く中で、わがオンボロ・バスの助手が声をからして呼び込みに苦闘。見かねたわれわれも「チトラール！　チトラール」と連呼。かくして五十分後にめでたく満席と相成った。チトラールまで一人一一〇ルピー（約八百円）である。約五時間の走行で着くという。以前だとディールからチトラールまでで一日かかったものだ。道が格段によくなっているのである。

十時半、いよいよスタート。カリッドとはここでお別れだ。なが年の交友が続いているのは、ひとえに彼の誠実な人柄によるものだ。カリッド・カーンといい、ブルハーン殿下といい、私は実にいい知己を北西辺境に得たものだ。この人たちなくして、私の過去十数度の北西辺境行はあり得なかった。どうか、後続の若い人々は、新しい世代の辺境の人々と友誼を結んで欲しいものだ。私は、多くの日本人旅行者が得るものだけ得て、あとは知らん顔をしているのを見て、怒りを感ずる。

チトラールの谷を目指して

十二時、ディールを通過、いよいよ舗装道路とはおさらばして、山道の上りとなる。道幅も広くなっているので、ほとんど危険は感じない。試掘されたローワライ・トンネルの入り口が大きな穴を開けたままだ。機械の残骸が赤さびたまま放置されている。

道の左右に石灰岩質の白い山が見え、針葉樹林が現れる。道端の赤茶けた土に高山植物がちらほら見える。グジュールの村落を過ぎると、ローワライ・トップの平坦な一角に峠の茶屋が現われた。一時半。チャイとチャパティの昼食。下の谷では、イタリアかフランスの若い自転車野郎が必死にペダルをこいでいる。

イタリアの探検・登山家F・マライニは、インド的世界と中央アジア的世界を分けるこの峠を越える時、その風土のコントラストのあまりの激しさに「世界は一変する」と驚きの声を上げた。今、われわれはその中央アジア的世界の中へ突入しようとしている。チトラール側の空は雲一つないラピスラズリ色に深く澄んでいる。九十九折りの急坂を、われわれのバスはほこりけたててチトラールの谷へ下って行く。

(二) ブルハーン氏との再会

七月二十四日午後二時、私たちを乗せた小型バスは、ローワライ峠から、チトラール側の九十九折の急斜面を下り始めた。相変わらず物凄い土ぼこりを立てながら、ヒマラヤ杉の間をぬうようにして、ジグザグ道をひたすら下降。前方左手に雪を冠したカフィリスタンの五〇〇〇メートル峰が見え、その山裾にチトラールのなつかしいオアシスの村々が現れる。

峠から約一時間かかって下りきった所で東からの小さな流れを渡る。雪渓となっていて、何人かの男たちが氷を切り出していた。チトラールのバザールで売っているシャーベットや氷水の素がここにあった。

峠の登り口の検問所で、私たち外国人だけが形どおりの記帳を行う。道はチトラール川（下流はカブール川に合流）左岸に沿っているが、ガヒラートのチトラール軍団駐屯地を過ぎるころから、川幅がぐっと広くなる。岸辺の砂地にはタマリスク（檉柳《ぎょりゅう》）の繁みが現れ、その淡紅色の花を見つけると、もう完全に気分はチトラール、というか中央アジア的雰囲気そのものなのだ。

この大渓谷の両岸に自動車の道路は付けられているが、今日は専ら左岸を走る。この辺には体長一メートルくらいある大トカゲが棲息している。何年か前に一度見かけているので、路傍を注意して見ていたが、ついにお目にかからなかった。道路の拡幅工事がひっきりなしに行われているので、トカゲもおちおちしていられないのだろう。

チトラール第一の町ドロシュの賑やかなバザールを過ぎると、チトラール・オアシスはもう指呼の間。午後四時半、われわれの車はなつかしいオアシスに入り、定宿モーテル・チトラールの中庭に横付けした。

このホテル随一の、というより唯一の働き者サリームが小走りに出迎えてくれる。早速二階に二部屋都合をつけてもらい、荷物を整理し、シャワーを使い、さっぱりしてから、庭の芝生でチャイを皆で飲む。きょうはローワライ峠越えを含め、一日中あわただしい車の旅だったので、さすがにほっとする。私はこのホテルが建った年からの客なので、ドロムツのブルハーン邸以外では、ここにいるのが一番落ちつくのである。

夕食は白く塗り直した食堂で、美味しくいただく。五年前と同じように簡素なメニューだが、人生の半ばを越えた者にとっては、充分なものだ。スープ、チキン、オクラの煮付け、チャパティ、緑茶（日本のとは異なる）、そしてデザートはハルブーサ（アフガン・メロン）が出た。腹八分を心がけ、慎重な画伯以外は、至って旺盛な食欲を示す。食後われわれ三人は、庭の芝生に出てしばし満天の星を眺める。この前泊まった時は、ちょうど満月のころで、山の端にすばらしく大きな月が出ていたのを思い出す。チトラール語で満月はウラ・マス、今その白い月は空にない。イシュペル・ウラ・マス（白い満月）を呪文のように唱えながら、われわれはオアシス第一夜を過ごした。

七月二十五日。朝食前に前回残置した装備を点検。テント、コンロ、コッヘル、シュラーフ、羽毛服、登山靴、ザイルなどがそっくり出てくる。それに大量のジフィーズ食品。これに今回持参した装備、食糧を加えると、十日ばかりの山上滞在には十二分の分量である。

十時ごろ、王宮近くのＳ・Ｐ事務所へ行き入国手続きをする。アフガン国境に近いシャー・ジナリ峠へ行くことに、初めは難色を示していた係官も、二十五年前から、しばしば当地を訪れ、ハネムーンもここで済ませたというと、人柄の良さそうな彼は、にこやかにスタンプを押し、署名してくれた。今までは、この後でＤ・Ｃ（デュプティ・コミッショナー）官邸を訪れ、旅行許可を取る必要があったのだが、カフィリスタンへ行く者以外は、その必要もなくなった。これで数百ある五〇〇〇メートルから五九九九メートルの間の山は何ら気がねなく登れるのだ。山好きな若者よ、いや中年オジン、オバンも来たれ。チトラールは今や登山天国だ。しかし、日本人登山者であふれていた七十年代と異なり、今では日本人の若者の姿はない。目立つのは、ヨーロッパからやって来た四十、五十代の人々だ。しかも、山がある奥地を目ざすのは、ほんのひと握りにすぎない。

帰りにＰＩＡオフィスへ行く。今では、バザールの中心から離れたポロ・グラウンドの東側にオフィスが新設されていたが、昔馴染みの連中は一人もいず、極めて事務的な対応の仕方だ。ついでに、このオアシスの代表的なホテル、マウンテン・インへ寄り、チナール（篠懸）の木蔭で、冷たいスプライトを飲んでひと息つく。画伯の歩測によれば、この日蔭は直径十三メートルの由。ブルハーン邸の大木には及びもつかぬが、南正面はるかに、ローワライ峠を望み、すこぶる眺望の開けた気分の良い中庭。ペシャーワルでは考えられない爽やかな涼風が吹き抜ける。のんびりくゆらすタバコの煙の向こうにコバルト・ブルーの深く澄んだ空が広がっていた。

かつて、このホテルのメイン・ダイニングで、広島の平位剛博士と共に、ブルハーン氏を招待して、パーティーを開いたことがあった。目茶苦茶な英語のスピーチを思い出して、ひとりほろ苦い気分をはんすうする。ホテルの支配人（六十くらいのおだやかな人）が、そのことを覚えていて、帰りにぜひ泊まってくれと言ってくれる。思えば、あのころがチトラールのグッド・オールド・デイズであったか。

午後四時、ドロムツのブルハーン氏邸へ向かう。ジープの運転手はイクバル・ジャン。このジープで明日はトリコー源流の村、ソーリッチへ行くことになっているので、イクバルの腕前を知るには好都合だ。チトラール河右岸ぞいに走り、ドロムツの丘へ上りかけた所で、先行のジープが止まり、青年が一人下り、私の名を呼びながら駆け寄ってくる。マスツージ城主の子息シカンデル・ウル・ムルクであった。十年ぶりの再会。後で必ず行くから、それまでブルハーン氏の家で待っていてくれ、という。彼は今、ここに家を建てて、ブルハーン氏の片腕となって働いているのだ。ブルハーン氏は国会議員だから、イスラマバードやペシャーワルに住むことが多いので、この人が留守をあずかっているのであろう。

相変わらず土ぼこりの堆積したような丘の斜面を上る。どんなに静かにジープを運転しても、もうもうと上がる土ぼこり。しかし、この運ちゃんの腕前は、触れ込みどおりすばらしい。

以前ここに駐屯していたアフガン・ムジャヒディンの大部隊を収容したテント村はもう跡形もなく、本国へ移動してしまっている。車は樹齢五、六百年というチナールの大木の木蔭へ到着。

出迎えてくれたのは、初対面の壮年の男数人。以前仕えていた顔見知りの人々は何処へ行ってしまったのか。かつての大地震で倒壊したゲスト・ハウスの跡には、ブルハーン氏の孫たちが住む予定の平家建ての大きな家を建築中で、丘を見下ろす側に大きなガラス窓がはめ込んであり、完成も間近い。

脚下にチトラール・オアシスを望むこの高台には、前面の谷から、すばらしい涼風が吹き上げてくる。風が吹きわたるごとに、チナールの大きな葉が一斉にざわめく。新しい水源を掘り当てたのか、冷たいきれいな水がいくらでも運ばれてくるのは、うれしい変化の一つだ。

初めてジワル谷へ入った一九六六年に同行した小田川兵吉、六八年にコヨ・ゾムへ同行して不帰の客となった剣持博功と橋野禎助、さらには七一年に結婚して間もない妻を伴い、このチナールの木蔭でゆったり過ごしたかつての日々がなつかしい。時は移り、人は変わるが、ドロムツにこのチナールの大木が健在な限り、私はこれからも何度となくやって来るだろう。

「ブルハーン殿下がお出でだ」という誰かの声でわれにかえると、ゲスト・ハウスの石段を氏が下りてくるところだった。お互いに肩を抱き合い再会を祝す。氏の顔色は余り良くない。足許も少々覚束なく見える。二十六年前初めて出会った時の彼は五十歳くらいで、働きざかり、活力に満ちあふれていたが、今では年相応に老いを迎えている。あるいは今日が相まみえる最後の機会になるのだろうか。

はや陽はローワライの山に没し、オアシスを吹く風も冷たくなった。過ぎゆく時を惜しむかのごとく、ブルハーン氏の口調はいつになく速い。八月にはヨーロッパ、イギリスへの長旅が控えている由。すでに孫たち二人に財産の分与も済んだという。そのため、庭の下方の丘陵に耕作地を大分増やしたそうだ。

「バザールに用事があるので、モーテルまで、私の車で送って上げよう」というブルハーン氏の言葉に従うことにする。ホテルの支配人に「今夜はスペシャル・ディナーでもてなして欲しい」と言い残し、氏は帰って行かれた。

この夜は明朝の早発ちに備え、たっぷり眠ることにした。

トリコー源流へ

七月二十六日、画伯の希望に従い、ミネラル・ウォーターを仕入れ、それぞれの水筒を満タンにした。ホテルの支払いは一人一泊五〇〇ルピー、食事代を含め、一日四千円ほどかかる。すでに運転手のイクバルと、バブー兼料理番のワリ・コリ・シャーが待機。バブーとは通訳の意で、前回ティリチ谷行の折、イタリア隊に同行していた彼が働き者なのを見込んで、私が呼び寄せておいたのである。

六時半、ホテルの連中に見送られ、いよいよ出発。われわれ夫婦は運ちゃんの席に並び、画伯とバブーは後部座席にのり込む。

チトラール河左岸へ渡り、しばらく進むとアルカリ河と分かれ、峡の門のようなゴルジュへ入る。左下はすさまじい激流。右手の山腹でダイナマイトによる白い土煙。ここでも道路工事が盛んだ。ブルドーザーを運転するのは、カシュガール辺りからやって来た中国の工人たちで、この辺からヤルフーン河へかけて大規模な工事が進行中の由。カラコルム・ハイウェーのチトラール版である。

十時、クラーの村のホテルで大休止。うらの葡萄棚の下で涼む。縄あみベッドでしばしまどろむ。クラーは先年、岩切氏が昏倒した際、人々が親切にしてくれた所だ。しかし、それ以前は、余り印象のよくない泊まり場で、いつも蚊の大群にせめられた経験がある。

十一時クラーを出てすぐ検問があり。やがて左からトリコー河、右手からヤルフーン河（マスツージ河）が合流。眼前にカゴ・レシトの高原が広がり、大河のすばらしいパノラマが広がる。しばらく皆で写真撮影。さらに少し北のチャルンのガソリン・スタンドで給油。こんな奥地にも沢山の車が入ってくるご時勢になったのである。

カゴ・レシトでブニ・ゾム山群の大パノラマを撮影して、十二時半に北側の下り口の茶屋で昼食。カゴ・レシトの北側の急坂はやはり悪路であった。その後、ウエルカップ、レイン、シャグラムなどのオアシスの村々を走行し、ウズヌーの高台へ上る。高度約二五〇〇メートル、左前方に数少ない未踏の独立峰サラ・リッチ（六二二三メートル）を目近かに仰ぐ。

この辺りからしばらく、リッチ＝トリコー河は深い渓谷となり、道は右岸の、かなり高い山腹を通る。右手の谷底まで約二百メートルの断崖、はらはらしながら進む。全ては、イクバル・ジャンの巧みなハンドル捌きに運をゆだねる。

かくして、午後五時、ソーリッチ村へ到着。ジープのチャーター料三千ルピーを支払い、八月七日この村へ迎えに来るという約束を取り付けた。この夜はムシャラーフ・カーンという愉快な人物の家へ泊めてもらうことになる。ここで早速ポーターを雇う談合となり、多少もめたが、一人一日あたり百三十ルピーで手をうち、五人の男たちを雇うことにした。

七月二十七日、六時ソーリッチ村を出発。サーブ三名、ポーター五名、それにバブーのワリ・コリ・シャー、総勢九名のキャラバンが始まった。プーグラム、ルアの小さな集落を過ぎて、九時半ごろには、リッチ・ゴル（トリコー源流）の広い河原左岸をひたすら歩く。猛烈な直射日光。わが女房どのはタオルで頬かぶり、私は女房の麦わら帽を強奪、画伯のみは洋傘で優雅に日除け、といった行進ぶりであった。

ティオン・ゴルの出合近くで、橋を東側へ渡る。六八年夏、コヨ・ゾムの帰途に通った時は長い丸太が一本かけてあった恐ろしい所だったが、川幅は約四十メートル。かつて友人たちを悼んで文字を記した記念の碑は残念なことに見当らなかった。

北正面に近々とラホ・ゾム（六五三五メートル）の雪を冠ったまばゆいばかりのピラミッドが鎮座する。近年この辺りに入った隊の記録はほとんどない。今日は全き快晴。画伯の三百ミリ・レンズが、この山の迫力を捉えた。

(三) V字谷のトラヴァース

シャー・ジナリ谷は小さ目だが、極めて美しい谷だ。第二次大戦前にこの谷へ入った先蹤者、口の悪いR・ショーンバーグでさえ、「木々や草は豊かで、花は膝を埋めるほどであり、美しい滝さえ見えた」（拙訳『異教徒と氷河』）と称えている。戦後、一九六七年夏に同じようにトリコー側から、この谷を遡ったG・グルーバーも同じような意味のことを書き残している。（cf・吉沢一郎訳『チトラール北東部の山と谷』、マウンテン・ワールド68／69）。

一九六八年の夏の終わりに、私が東のヤルフーン河側から、シャー・ジナリ峠を越えて、この谷を下った時は、曇天でもあり、山々もこの谷も光を失っていた。その時、二人の友人をコヨ・ゾム（六八七二メートル）で失っていた私の心理的なかげりが、目に入る光景から輝きを消し去っていたせいもあったのであろう。

それから二十五年たった今、融雪期のピークを迎えた山も谷も生命の輝きにあふれていた。シャー・ジナリ本谷へ、澄んだ流れを注ぎ込む数多い支谷の躍動する水流、風露やヤナギランの美しい群落、若々しい葉を広げている樺や楊の林、そんな中をわれわれは登って行くのだ。

谷の入口から一時間ばかりは左岸の滑りやすいザクザクのあぶなっかしい踏跡をたどり、やがて、本谷の濁った激流の上をふさいでいるスノー・ブリッジを渡り、対岸の急斜面を直登。ポーターたちが掌をホールド代わりに固定してくれるのを頼りに登ったが、帰りはこの斜面を駆け下ると、すぐ下のスノー・ブリッジが薄くなっているはずなので、ちょっとヤバそうだ。もっとも、かつて私はこの谷の大部分を馬に乗って下ったものである。

グルーバーが「奔流が削った奇妙な深い地溝をなしていた。岩塊やナダレ雪の自然橋を渡ったり渡り返したりしていく。急な滑りやすい斜面の登りはひどく面倒だった」（吉沢一郎訳、前掲書）と記しているように、切り立った崖に付けられた靴底の幅しかない踏跡。それを外さないようにトラヴァースして行くのは、なかなか気ぼねのいる仕事である。

ここ数日、体調のよろしくない画伯の足どりは鈍りがち。私は「この道一本だ」などと余り効果のない慰め方をしながら、彼がやってくると、程よい樺の木蔭に招じ入れる。わが女房どのは、といえば、これがなかなかの元気印で、ワリ・コリ・シャーに助けられながら先行。皆から「鉄の女」という称号をたてまつられていた。

このシャー・ジナリ谷のすぐ北はラホ・ゾム（六五三五メートル）から東へ、クーアンハ（駱駝の瘤の意、六三〇九メートル）へ続くワハン谷との国境稜線。南はシャー・ジナリ山群（五五〇〇メートル）の山稜となっている。どちら側の斜面も凄い岩の大伽藍で、その底を氷河生まれの奔流が盛り上がるように激しく流れている。

トラヴァースが終わると、広い高原台地の一角に飛び出す。対岸はやはり小さな扇状台地だが、一〇〇メートル以上も切り立った断崖で、行く手は一つの支谷ではばまれている。恐らく左岸通しに進むのは無理だろう。

われわれの進んでいる広い台地には、紫色のヤナギランの大群落が何ヵ所もあり、疲れを慰められた。行く手にシャー・ジナリ峠の北東の大きな岩峰が現れ、振り返ると、西はるかにトリコー源流の山々が見える。その中の一つルンコー山群中の見事な雪の針峰が美しい。六〇〇〇メートルは優にあろう。

台地沿いの草原を進むこと約一時間、先行のわが奥方とポーターたちが、スノー・ブリッジを利して対岸（左岸）へ渡ろうとしているのが、点々と見える。本流沿いの崖の斜面をワリ・コリ・シャーらにガードされて苦闘中の彼女を遠く見守る。もはや夕闇が迫って来た。

スノー・ブリッジを渡ると、向こうから数人のポーターが空身で戻って来た。崖の斜面のトラヴァースでは、最も屈強な山男ピール・ナワーズが、がっちり手をとって引っぱり上げてくれる。足を運ぶそばから積み重なった石が片っぱしから崩れ、シャー・ジナリ谷の本流へ次々に吸い込まれていく。

七時、トラヴァース完了。隊列を整え今夜の泊まり場ラシト・ジナリ（ポログランドの平地の意）へ急ぐ。

柳の林に歌声が響く

ラシト・ジナリへは午後七時半到着。そこかしこに柳の叢林があり、燃料は根元の株立ちになっているところを古枝から苅り払った薪が無尽蔵。かなり広い台地には、牛が放牧されて、ソーリッチ村の男たちが管理している。枯れ葉が一面に散り敷いている樹間の平地に今宵の寝ぐらを定め、サーブたちはそれぞれのマットと寝袋を敷く。

ポーターたちは、早速アタをこねて夕餉のチャパティ作りに精出すが、サーブたちはカップ麺に熱湯を注ぐだけで簡単な夕食が出来上がる。

食後は皆で焚火を囲んで、チトラールの古い民謡ジャンジョヨ・カリコーランを延々と歌い、かつ踊る。歌の録音が始まると、唯一人の青年アブドゥルが疲れを知らぬげに激しい手踊りを披露してくれた。時々、川の方から風が吹き、火を囲む男たちの顔を明るく照らし出す。男たちの歌声や「シャバース（天晴れ、いいぞ）」というかけ声が、夜の静寂を破って林間に木霊する。

毛布をかぶって、ポーターたちが寝入ってしまってからも、私はしばらく榾火《ほだび》を見守っていた。何しろ、久しぶりの焚火だった。日本の山ではもう久しく味わえなくなった焚火が今日は盛大にできたのだ。このまま寝てしまうのは惜しい。火のそばで横になって、コーヒーを飲みながら、ソーリッチ村から始まった、今日のながい一日の出来事を私は反芻していた。歌の断片が次々に浮かんでくるのを、忘れないうちに手帖に書き込んでいるうちに、深夜となり、空には豪勢な星宿のページェント。

シャー・ガリー、高原の日々

七月二十八日、六時起床。若いアブドゥルがアタをこねてスレート状の平石の上にのせて、チャパティを焼く様子を撮影する。最後は熱い灰の中に埋めて完成となった。他の連中はここでの仕事に行ってしまったので、サーブたちも、それぞれのテーマに励む。

岩切氏は三百ミリ望遠で例のルンコー山群の氷雪の鋭峰の撮影を行い、さらにそのスケッチ。女房どのは色鉛筆で同じ山を描く。私は煙草をのんびり吸いながら、昨夜の歌ノートを整理し、十首ばかり作品化（これはあとでアララギなどに発表した）。十時すぎに山仕事を終えて、ポーターたちが集結。皆、二メートルくらいに仕上げた丸太を背負って帰って来た。直ちに前進を開始。

風露の群落を眺めながら進んで行くと、右手にシャー・ジナリ山群の雪の山々が近々と姿を現す。五三〇〇～五五〇〇メートルの山十座ばかり、雪をまとって、すこぶる美しい。全てが無名峰。その奥に更に鋭い雪峰が沢山頭をのぞかせている。行く手にシャー・ガリーの草原が、その上にシャー・ジナリ峠の向こうの大きな山が見えてくる。気分爽快、北アルプスの雪の平あたりを逍遙する感じである。

午後三時、高度は三五〇〇メートルを超えている。昼ごろまでに三、四度徒渉する個所があり、水勢が激しかったので、帰りは右岸通しに歩くことになりそうだという。そこで、アザミと風露が一面に咲くお花畑の写真を念入りにとっておく。

やがて山道は下りとなり、幅四、五メートルのきれいに澄んだ沢を渡ると、さまざまな花が咲き乱れる草原が広がる。シャー・ガリーである。時に午後三時半。四方を雪山に囲まれた明るい丘陵地で、一週間のテント生活を過ごすのに打ってつけの所だが、残念なことに燃料となる大きな立ち木が一本もない。沢べりに小さな柳が生えているだけだ。

持参のラジウスが全く不調なので燃料のことが一番の気がかりなのである。私がつい声を荒げてしまう一幕があり、「ようし、牛ふんでも何でも使ってしのぐぞ」と宣言すると、ワリ・コリさんが「とんでもない、薪は探し出してみせます。ノー・プロブレム」というので、この件は彼にまかせることにした。

ポーターたちにこれまでの支払いを済ませ、ボクシーシ（チップ）として、ダンヒルのタバコを気前よく進呈すると、彼らは大いに喜んでくれ、飛ぶように元の道を帰って行った。

　シャー・ガリーの標高は約三六〇〇メートル。テントを草原より一段と高い台地に、二張り並べて立てる。少し上手《かみて》の岩小屋をワリ・コリさんが使用、そばのかまどで煮たきできる。

　絢爛たる星空の下で赤飯を炊いて、BCの第一夜を祝う。食後に飲んだ宮崎産の尾鈴山の玉露がまた美味だった。

*

　高原第二日（七月二十九日）。朝一番に近くのカルカ（岩小屋）にいる牧人が枯れ木を沢山背負って登場。これが「ノー・プロブレム」の正体だったか。

四方に居並ぶ山々のパノラマ・スケッチを画伯に所望。彼は今日からその制作にとりかかった。それをもとに、これら無名峰の方位を測り、一つ一つの山座に命名してみよう。

　夕食は腹具合のよくない画伯のために、お粥にフジッ子と浅草海苔、それにカツオ節を盛大にふりかけて食べる。

　朝のうち小雨がパラついていたが、夜は満天の星。天の川また壮大。すっかり日が暮れるのは八時ごろで、そのころから気温は急に低下する。それでも零度C以下にはならないだろう。

　高原第三日。牛を一五〇頭ばかり引き連れた昨日の牧人が、又々薪を背負って来てくれた。シュークリア（感謝）！　この草原でしばらく草を食《は》んだ牛たちは、やがて沢を渡り、次の丘陵へ移って行くというのが、毎日の彼らのルーティンだ。牧人は二、三人ひと組で、ソーリッチ村の男が、三、四日交代で牛の管理をしている。

　この僻遠の地へも訪問客は多い。昼近く、少年二人がドンキーに乗って登場。早速、ワイフが画のモデルにと頼む。しばし歓談ののち、少年たちが去ると、今度は、東方から沢を渡り、屈強な男二人がやって来た。若い方の男の足ごしらえは、しっかり獣皮を巻きつけた靴の原始の姿をとどめたもの。年配の男の方は、白いチトラール帽に花飾りを付け、なかなかイキである。煙草をすすめ、皆で写真をとり、しばらくして、二人は本谷の上流へ行く。その姿はここの大自然にみごとにとけ込んでいた。

　昨日と同じように、午前は雲多く、午後は晴れというパターン。いったん晴れると四十度Cくらいに気温がはね上がり、肌をさすような直射日光が照りつけ、むき出しの足などすぐ真黒に日焼けしてしまう。

　夜、好天。明日はシャー・ジナリ峠行だ。

シャー・ジナリ峠へ

　七月三十一日。五時半に早くも百頭を超える牛の大群と牧人のおじさんがやって来た。七時半、三人そろってさっそうと出発。しばらく、本流を左手に見ながら、しっかりとした道を上流へ進む。柳の茂みの中に大きなカルカと石垣をしつらえた囲いあり。われわれのBCの環境とよく似ている。しかし、すぐ北に巨大なクーアンハの山体が迫り、その直下から、シャー・ジナリ氷河と東側のオチーリ氷河が合流しているのが見える。迫力満点、眺望絶佳。われわれは右手の山稜上の窓へつき上げるガレ場のへりの草付を登って行く。二時間ほど登り続けるが、先がわからない。高度約四〇〇〇メートル。もうすぐ峠の西端に達しようかという所で、前進を停止する。急斜面に危うく乗っている土石のルートは危険すぎる。落石しきり。峠のルートは、どうやら、われわれのBCからすぐ南のなだらかな草丘を越えてゆくのが、正解だったようだ。

　これ以上無理をしないで、引き返すこととする。峠からは前山にさえぎられて、クーアンハは見えないはずだ。一〇〇メートルばかり下ると、クーアンハの全容（南面）が隈なく見える地点があり、画伯は、この斜面に腰をすえて、約一時間にわたり、天然の大画面をスケッチ。

　頂上近くから四段の層をなす巨大な懸垂氷河が流下、雪のたおやかな双耳峰とは対照的な凄い迫力を見せつける。大展望を堪能して下った水場の近くには、エーデルワイスが風にそよいでいた。

（四）　アルプに悠久の時は流れる

　シャー・ガリー第四日（八月一日）。すでに成田を出てから十日、画伯も私も髭がだいぶ伸びて、お互いにかなり白いものが目立ちはじめた。

　西側の丘（下流のラシト・ジナリへ行く道あり）とわれわれのBCの立つ台地を分ける清流の下部で、ワリ・コリ・シャーがたまっていた洗濯物を一掃すべく精出している。

　その少し上手が炊事用、ここで、時々、ワイフがゼリーを作り、その傍らの楊の低い茂みで、長い時間をかけて、私は歌を作るのが日課となっている。このシャー・ガリーで一番涼しい場所だ。南から西へかけてシャー・

ジナリ山群の五〇〇〇メートル級の中級の山々が、ずらりと勢揃い、特に西よりの山体の立派な二、三の山の北斜面から毎日雪崩が発生する。

その雪崩は、ラシト・ジナリの樹林帯のはるか上部の広い圏谷底へ落ちて行く。ゆったりと舞い上がった雪煙が、時間をかけて、本谷の中空へ雲となって漂い、やがて、この上流へもやってくる。今日も空は深いラピスラズリ色の抜けるような完璧な晴天。

昼前に、画伯がこの丘へやって来た時から、ずっと取り組んでいたパノラマ・スケッチの最後の一枚が完成。全長数メートルに達するこのパノラマ、彼の個展でも、ひときわ異彩を放つ呼び物となることだろう。

昼食には、チトラールのバザールで購入して来たジャガイモ（小粒）をゆでて食べた。塩を振りかけただけのものだが、これがなかなかうまい。

ついでに夕食のメニューも書いておこう。山菜オコワの主食と、おかずは高野ドウフの煮付け。それに若布のおひたし、オムレツ、さいごにコーヒー。特に高野ドウフがスグレものだ。保存性と栄養価にすぐれ、飽きが来ない。そして、何よりも軽い。若布とトウフのコンビは、辺境用の食品として最高だ。

夜、満天の星空の下で、画伯が東京の隣人たちとのトラブルを話すが、家を建てた時の深刻なトラブルも、古代のおおらかな説話のひとくさりを聞くようで、大笑いしながら、夜更けまで話が盛り上がった。

皆が寝しずまった深更、私はこの高台てっぺんの大岩に腰を下ろし、星々の饗宴を眺めた。耿々たる天の川を突っ切るように、星が流れる。まるで意志あるもののように飛び交っているのだ。

北の本谷の深い闇の中から、底ごもったような音が聞こえる。誰かの祈りの声なのか、私もまた、口の中で小さく唱えてみる。Allah-alilaha, All-ahakbar（アッラーは唯一の神、アッラーは偉大なり）。

〝七つの天も大地も、またそこに在る一切のものも、ひたすらに讃美の声をあげている。ただお前たちには、そういう讃美の意味がわからないだけのこと〟とコーランは言うが、今、私の頭上にきらめく満天の星も、白く輝き南から西へ連なる雪嶺も、ひたすら無言の祈りを発しているように思えた。

シャー・ガリー第五日。今日は画伯の五十七回目の誕生日だ。明け方五時半、いつもの牛の大群が二人の牧人に率いられてやって来た。画伯の誕生祝いにビフテキなどはいかが、付け合わせには、この高原にいくらでも生えているパミール葱と行者ニンニクがいい。

今から六十四年前に、このシャー・ガリーに滞在して、「その野営地はタマネギでおおわれ、その香りはビーフ・ステーキを連想させずにはおかなかった」(cf・『異教徒と氷河』)と記したのは、チトラールを縦横に歩いたR・ショーンバーグである。人間同じようなことを考えるものである。ただし、私たちの場合、生きたビーフ君が何十トンも目の前にある。

夕方、ワリ・コリさんが妙な生き物を東の草丘にある岩石の間に見つけた。長い尾を持つ、いたちを大きくしたような茶色い動物。チトラールでこのての動物を見るのは初めてだ。「ビシンデ」と彼は言っていたが、時々家畜をおそう由。しかし、正体不明。

ビシンデ騒動も収まり、画伯の誕生日を祝して、特別献立の夕食が始まった。赤飯、ポタージュ・スープ、高野ドウフ、若布のおひたし。こうならべると前夜と余り変わり映えしない。しかし、山上の食事としては、精一杯の準備というべきか。デザートは庄内のし梅。これを例の玉露でゆっくり味わう。そしてさいごに、取っておきのコニャックを一献。

少し寒いが、満天の星空に見守られて、アフガン国境を指呼の間に望むこの辺境で誕生日を迎えるとは、幸せなご仁である。

第六日。省略。

第七日。昨夜はよく眠れなかった。草のしとねも、とうとうペチャンコになり、あちこちの石が背に当たるようになったのである。予定では、今日中にソーリッチ衆が迎えに来ることになっている。今年のわれわれの辺境行も最終ステージを迎えているのだ。

十時頃、画伯がケルンらしきものが積んである東南の丘に登っていった。多分そこがシャー・ジナリ峠への本道であろう。彼は二時間ほど登高を続け、展望の開けたなだらかな尾根道に出て、そこから引き返して来た。途中、例の「ビシンデ」に似た小動物一家を観察。これはBCから肉眼でとらえることが出来た。後脚で立ち上がり、前脚を胸の辺でかかえるようにしていたから、中央アジア一帯に分布するタパルガンの類であろう。

正午、いつもの西方の雪峰(仮称・ラント・ジナリ・ゾム、約五四〇〇メートル)から大きな雪崩が発生、湧き立つ雲のように、雪煙が山肌を覆った。

午後一時半、四人のポーターたちが、約束どおりやって来た。予定より一人少ないが、その分、当方の荷も減っているから、これで充分だ。再会を喜び合い、気前よくダンヒルの封を切り、煙草を分配。彼らは久しぶりに会った「鉄の女」の顔が、高度の影響を受け、「ムーン・

フェイス」状になっているので驚いていた。

　夕方、皆でキャンプ地の至る所に繁茂するパミール葱の種を採取。日本へ持ち帰って、大いにはやらせよう。あわよくば次回の渡航費用くらい、これで捻出できるのではないか。

　夕食には、鍋一杯のビーフ入りカレーシチューを作った。これには、椎茸、木茸をたっぷり入れ、ポーターたちにも振るまったが、大好評。

　岩切画伯が、この高原での生活を次のように総括している。われわれ三人の共通の思いでもある。

「下界の煩わしさから解放されて、時の過ぎ行くままに大自然のなかに身をまかせることが出来た。夜明けと共に起き、語り、食べ、思索し、日没と共に眠りについた。星空を眺めては悠久の命を抱き締め、谷川の音と、テントを叩いて過ぎ行く風の音を子守歌にして安眠を貪った」（岩切氏の手記より）。

　そして、三人それぞれのテーマをここである程度果たすことが出来た。何よりも、人生の至福の時を過ごせたのが貴重であった。

谷の山霊《シャワン》よ、われを守れ

　八月五日、いよいよ下山の日だ。今日は一気にシャー・ジナリ谷を下り、最初の村ルアで泊まる予定。従って、来る時泊まったラシト・ジナリの林には立ち寄らず、約十三時間のハードなアルバイトを強いられるわけだ。慎重な画伯はガレ場のトラヴァースに備え、登山靴に履きかえた。

　六時十分、立ち去り難い思いをふり払うようにして、このシャー・ガリーの緑地を出発した。

　三十分ばかりで最初のスノー・ブリッジを右岸へ渡る。左岸を行くと四、五度急流の徒渉を味わうことになるからである。初手から急登、断崖のトラヴァース。時々出合う泉がわずかな慰めだ。特に初めに出合った本谷の河岸一帯から、すばらしい勢いで湧出する泉は、忘れ難いものだった。まさに天下第一泉、心ゆくまで味わう。

　往路通った高原台地へ踏み跡が合し、高山植物が花咲く道を快調に飛ばす。一つの岩角に達した所で、私はこの谷で一番見たかったものを発見した。深いゴルジュに面した辺りに一本の杜松《ねず》（柏槇）があり、その根元に小石が沢山積んであった。一九三八年にR・ショーンバーグが記している祈りの場である。

「だれでもこの谷を上る人は、この石を三つ取って地面に一つずつ投げ、次のように一行ずつ唱えごとをすることになっているのだ。

Suuram Gol（谷を黄金色に染めよ）

Suuram Shawan（山霊《シャワン》も黄金色に彩れ）

Gol Nigardar（谷の守護神として我を守れ）」

なつかしいものに出合った気持ちで、私も石を三つ取り、掟どおり唱え言をくり返し、石を投げた。回教世界に現に残存する原始信仰の名残である。

山霊の助けもあり、われわれはその後も何時間か続くトラヴァースを無事に済ませた。

一時半、最後のスノー・ブリッジを見下ろす急斜面の上へやって来た。雪の部厚い堆積の中心目掛けて駆け下る。左側へ滑り落ちると、本谷の激流へ真逆さまに飛び込む羽目となる。今日は両膝を痛めて不調の、わが「鉄の女」もどうにか、ポーターたちの手厚い介添えを頼りに無事通過。二時二十分、トリコー河との合流点に達し、安堵の思いで、北にそびえるラホ・ゾム（六五五三メートル）の勇姿にエールを送る。

広河原の中をひたすらルアの村落を目指す途中、黒味がかった大岩の表面に沢山の動物（羚羊、山羊など）を打刻した岩絵を発見。一つ見つかると、同じような岩がいくつも見つかる。古代ペルシアや正倉院の御物などにある走獣文様によく似ている。恐らく紀元前の古代文様で、広く中央アジア全域に見られるもの。トリコー源流の刻画もその一例。うれしい発見である。

五時四十分、ルア村へついに到着、長い苦しい一日であった。今夜もまた、星空の饗宴を寝袋にくるまって眺めた。

チトラールで——山上の廃墟

八月六日、七日の両日はソーリッチ（ルアから二時間半ばかり下流にある）のムシャラーフの家で世話になった。よく働いてくれたポーターたちへも気持ちよく賃金の支払いが済んだ。こうした場合よくあるトラブルが全くなかった。お互いに気心も知れ合ったところで、ニコニコして別れることが出来るのは最高だ。谷のトラヴァースはちょっときついが、また皆で気分良く行きたいものだ。七日の夜には約束どおり、運転手のイクバル・ジャンもやって来た。

八月八日、六時半にジープに乗り込み、ムシャラーフらに見送られて出発。ムーリッチ（下村の意）の村はずれで、ポーターとの仲介をしてくれた唯一のインテリ、ジャラール氏（校長）が東岸を走るわれわれに、中学生たちと共に別れの言葉を叫んでいる。われわれもまた、口々にサラームを返す。

この先はウズヌまで断崖沿いに走る。イクバル・ジャンは勝手知った道を鼻唄まじりで素っ飛ばすが、こちらは、二〇〇〇メートルも深くえぐられたトリコーの谷をのぞき込んで冷や汗をぬぐう。

十一時すぎにカゴ・レシト高原の上に出た。ブニ山群の六〇〇〇メートル峰のパノラマを正面に見ての快走。

高原を下り、ヤルフーン河を渡り、チャルンでガソリンを補給。この辺で女子高校生の一群に会うが、皆ベールを取り、素顔を見せて歩いている。辺境チトラールといえども、時代は確かに新しくなっているのだ。

モロイの村の先では、断崖の道の拡幅工事が進んでいた。砂嵐で一寸先も見えない中で、中国工人たちを先頭に果敢に作業を続ける人々の姿は、感動ものであった。

午後五時、ジープは相変わらず賑やかなチトラールのバザールを走り抜け、マウンテン・インの玄関に横付けした。旅塵を久しぶりに洗い流す熱いシャワーが、われわれを待っていた。

翌日、チトラールを去る前に見ておきたかった、西の山稜上（三〇〇〇メートル）にメーター（王）の夏の離宮を二十五年ぶりに訪れた。かつての談笑の場は柱と回廊を残すのみ。大理石造りの暖炉が一つころがっていた。これもまた現在の辺境を象徴する光景なのであった。

（「岳人」九三年一月～四月号）

＊追記。

二年後の一九九四年夏に、私と関口磐夫は、シャー・ジナリ峠に立った。清流の流れる草原にエーデルワイスが咲き乱れ、無人の高原に数十頭の馬が草を食んでいた。

追悼　ブルハーン殿下の急逝

㈠　訃報至る

今年（一九九五年）七月十三日の昼、ペシャーワルの弁護士で古くからの友人、ハーリド・ハーン氏から手紙が届いた。この夏どうするか（チトラールへ行くかどうか）まだ知らせていなかったので、その問い合わせかと思って封を切ると、いつもと調子がちがう。"I am sorry to convey this sad news" という書き出しである。何事かと思って先を読むと、チトラールのブルハーン・ウッディーン殿下が、この七月六日午後、鉄砲による事故で急死された由。余りに突然のことで、しばし信じ難い思いで立ち尽くしたのだが、同封されていた英字新聞（多分ペシャーワル発行のもの）の切り抜き記事を読むに及んで、殿下の死を信じないわけには行かなくなった。

大略次のような内容である。

「チトラール選出の国会議員シャハザーダ・ブルハーン・ウッディーン氏の死は、その多彩な経歴と豊かな個性とに終止符を打つことになった。氏は、チャンドラ・ボースの印度国民軍で、かつて戦った人である。

殿下はチトラールのかつての支配者の一族であり、チトラールの居宅で銃の手入れをしていた際に暴発。重傷を負い、病院に運ばれる前に絶命された。殿下は通称コマンダー・イン・チーフ（総司令官）として親しまれていた。氏は前大臣シャハザーダ・モヒー・ウッディーン氏の伯父にあたる。

殿下は印度国民軍に参加していた経歴があったために、ある期間不利益をこうむっていたが、後に故郷チトラールへ帰ってから政治活動に身を投じた。彼はチトラールの勇士として人気のある、機智に富む人だった……（以下略）」

思えば、一九六六年の夏に始まった殿下との交友は三十年を越え、その間、私のチトラール行は十五回を下らないから、二年に一度は、ドロムツのオアシスを訪問したことになる。何冊かある訪客簿の第一頁に名を記して以来、あのチナールの大木の下で、オアシスを吹き抜ける風の中に身を置くこと五、六十日にはなるであろうか。そこは、オアシスの彼方の雪嶺を目指す若人たちが、何百、何千と、それぞれの歴史を刻んだ場所だったのだ。

ブルハーン殿下からは、六月末に手紙をもらった。八月十五日までドロムツにいるから、今度は、ローラン（愚息の名）と your wife を連れてくるよう、また、ゲスト・ハウスは八月二十日まで滞在してかまわないから是非とも来るよう記してあった。日付けは、六月八日、「チトラール、ドロムツにて」とあった。

ブルハーンさんの思い出は数々あるが、今は何か胸の中にぽっかりと大きな穴が開いてしまったというのが実感である。

(二) ブルハーンさんとの出会い

ブルハーン氏はここ十数年チトラール選出の国会議員（セネター）として活躍され、特に、ソ連のアフガン支配の末期には、チトラールの戦略的、政治的重要性もあって、氏の動向は注目の的であった。七年前に私がチトラールを訪れた際、いわゆるムジャヒディンの大部隊が氏の私有地に幕営し、バザールを騎兵隊がかっぽしていた。しかし、三年前に氏の居館のあるチトラール郊外のドロムツの高台を訪れた時には、その部隊は全て、アフガンへ移動していた。

私がブルハーン氏と知り合ったのは、今から三十年前の一九六六年夏のことだった。その前年にチトラールへ入ったM・シュムックがペシャーワルから空路が開設されていることを報じていたのを知り、当時、国交回復以前の中国経由でパキスタンへ入った。PIAは未だ広州（広東）までしか路線がなかったためである。もちろん、パキスタンでは一般の日本人に出会うことは無かった。

日本を出国する時に、PIA東京支社（開設準備中だった）から、チトラール空港のオーナー宛紹介状（但し、その氏名はわかっていなかった）を持参していたので、チトラールへ着くとすぐ、にこやかに迎えてくれた恰幅のいい大人の風貌を持つチトラール人に、その書状を示した。聞けばこの空港のオーナーで、戦時中はチャンドラ・ボースの印度国民軍に加わっていた由。山へ行くまで、屋敷へ滞在すればよいとのことで、私と相棒の二人はチトラール郊外の高台にあるこの人の館で居候を決め込むことになる。これが私とブルハーン氏との出会いの一幕であった。この時は、サラグラール（七三四九メートル）とブニ・ゾムのふた山を試登し、日本人によるヒンドゥ・クシュ登山の幕開けとなった。ブルハーン氏のゲスト・ハウスには数冊の訪客帳があるが、その第一項に我々二人の名を記すこととなる。この名簿にはその後千人以上の日本人が記名していて、チトラールに於ける日本人の動向を知る上で、貴重な資料となっている。氏の後継者のお孫さんもすでに二十数歳。氏の残された任を立派に果たされるであろうが、十シーズン以上もブルハーン氏の許で過したオアシスの旅の思い出は、私にとって何物にもかえがたい宝物である。

『辺境の星』の拓く世界

吉田 漱

『辺境の星』開巻の一連のタイトルは「乳形の葡萄」。

　乳形の葡萄は市にうづたかし耶律楚材の歌に見しごと

耶律楚材《やりつそざい》は、契丹王族の出身、政治顧問となって元朝に仕えた。日本では、古詩から唐宋詩に集中しがちで、元、明、清などの詩はあまり取り上げられないから、彼の詩も広く知られていない。「西域に新瓜を嘗《な》む」という哈密瓜《はみうり》の詩は読んだが、葡萄の詩には行き当らなかった。あとに

　上海版湛然居士集よろこびてトルファンの葡萄詠みたまひしに

という一首もあるから、この上海版の詩集でないと出ていないのかもしれない。歌は落合京太郎への挽歌である。湛然居士詩集は落合氏の蔵書であろうか。

ところでシルクロードの葡萄はうす緑に透いていて大きく、ラグビーボールのように細長い球形をしている。「乳形の」という表現は土屋文明の創始かもしれないと思う。

　乳形《ちちがた》になれる葡萄の青房《あをふさ》も心にしみぬ冬寒き国

（『韮菁集』）

なお「乳形の葡萄」一連中には次のような一首もある。

　法求むる心は高き雪山越えしめき同行一人失ひつつも

何を歌っているのかと問いかけたくなれば、もう既にこの『辺境の星』のうちにひき込まれていることになるが、一首はいくらか註が要るだろう。

「法求むる」云々は、天竺へ仏法を求めてシルクロードをたどり、寒冷、稀薄な空気の葱嶺《パミール》を越えた法顕のことであろう。

法顕は東晋の隆安三年（三九九）、四人の従僧と共に長安を出発した。当時六十四歳（長澤和俊説）。艱難辛苦の末、印度側のタキシラに着く。更にカイバル峠を越えて、アフガニスタン側のジャララバードの方へ出る。そして冬三月、再度印度側へ入ろうとして、カイバル峠よりも南方のセフィド・クフ山脈を横断した。その際、従僧の一人、慧景が歩けなくなり、口から泡をふいて倒れ、

自分をここにおいて行くように願いながら没した。『法顕伝』で最も感動的な箇所である。——その後、法顕は印度から更に獅子国（スリランカ）へ渡り、中国からの商船に便乗して、台風に吹き流されながら辛うじて青島附近に帰着。すでに七十七歳になっていた。前後十四年間の旅であった。

そのようにして、この最初の一連だけをみても、玄奘、鑑真、耶律楚材、法顕という長途の大旅行者で、かつ志の高かった人物が表われてくる。ここにもうこの歌集の性格と、その奥行きがうかがわれるように思う。

著者自身、昭和六十年（一九八五）北京からシルクロードを目指し、ウルムチ、トルファン、クチャ、カシュガル、崑崙山地、それから蘭州、西寧、青海湖へと大旅行しているので、西域史や、求法高僧伝等に早くから関心はあったと思うけれども、これにはやはり土屋文明、落合京太郎などの影響もあったと思われる。

文明の『韮青集』には作品の奥に、日本の求法僧、円《えん》仁《にん》、円珍、成尋《じょうじん》、ならびに遣唐使、特に山上憶良の足跡がある。落合京太郎の場合も同じだが、京太郎の場合はそのほかに中国僧の法顕、宋雲、玄奘、あるいはザビエルといったやはりスケールの大きい求法、伝道者、大旅行者がしばしば歌われている。『落合京太郎歌集』の年譜は簡単すぎて、活動範囲がよく伝わらないけれども、氏は昭和十五年、上海から南京、青島、北京を経て張家口、大同、それより東北ハルビンへ行き、帰途は朝鮮慶州を経て帰国という大旅行をしている。つまり大同雲崗の石窟も、土屋文明より先に行き、作品も残している。落合京太郎も行けたら自分でシルクロードへ行きたかった一人で、それを語り合って共鳴してくれるのは、まわりではこの歌集の著者ぐらいであっただろう。逆にヒマラヤやカラコルムの山地、古道については京太郎が熱心な聞き手にまわり、その辺はかなり相互に強い影響があったろうと思われる。

さて、それはそれとして、いくらか場違いで、ヒマラヤにもまだ行っていない私が、なにか『辺境の星』について書くというのは烏滸がましいが、今まで述べて来たような事柄について私なりに多少関心を持ちつづけて来たことがある。

シルクロードには私もウルムチ、トルファン、そして敦煌、蘭州という具合にまわり、次回は、コルラ、クチャ、カシュガル等と夢見ていた次の年に天安門事件があって中止になってしまった。ヒマラヤはネパールに関心があるので、それにともなって山岳へも関心が移ったということであるが、少年時代、「子供の科学」や「科学画報」

といった雑誌で、当時、空想画ながら、酸素ボンベを背負い、ガスマスクのような面をつけたエベレスト登行図などという絵を覚えているから、その興味も大分古くさいことになる。

　ヒマラヤについての関心も、ネパールから追々西の方へ移してゆくと、峨々たる連山のなかで、一際円ろやかなディランという山（七二七三米）の写真が目についた。これは北杜夫の『白きたおやかな峰』の目標であった筈である。が、その作品はパーティの山男たちの性格、行動がよく描かれて居り――それが小説の眼目であるから当然であるが、どうも文章からはディランの山容がはっきりつかめないのがもどかしかった。

　この一方で、「アララギ」会員の歌集中、たしか一冊、ヒマラヤ登行の作品があったようだったが、ついつい見そこなっていた。これを尋ね求めたところ、思いがけず直接、著者から送って来られて、はじめて著者の第一歌集『崑崙行』（平成元年九月刊）を読むことが出来た。その後まもなく著者に会う機会があって、早速ディラン峰についてたずねたところ、これまた早速精緻なディラン峰の地図を送っていただいた。これはこまかい等高線はいうまでもなく、万年雪、氷河や崖等の細部がカラーで表現されていて、一見して立体的に雪山が見えてくる。図はディラン登頂は果すことが出来なかったが、オーストリー隊が作製したものだという。――日本ではこれだけの精緻なカラー版の山岳図を遠征の都度、後の人のために作る努力をしているだろうか、という強い印象を持ったりした。

　このようにして私の外国版山岳地図のコレクションもまた一図貴重なものが増えたわけで、結果的に、著者の山岳の歌へのめり込むことになった。

　第一に、著者の目指す山岳地域が、エベレストやアンナプルナ、ダウラギリなどネパール・ヒマラヤの側になく、『崑崙行』の書名が示すように、カラコルム山脈以西、求法僧等がたどった古道であって、もはや印度ではなく、パキスタン、それもその最も北西方の辺境である。最近でこそ古シルクロードはカラコルム・ハイウェイとなり、奥まったインダス川上流のフンザ王国も人がゆくようになった。が、まだまだポピュラーではない。そのフンザの谷より更に西、アフガニスタンと国境を接する長い谷が、著者が十五回も出かけているチトラルの地になる。国境はチトラルに近い七七〇八米のティリチ・ミールを最高峰にして、七千米級の白銀の山五座をふくめて連っている。そして著者が目指したのは、最も北辺のコヨ・ゾム（六八七二米）であり、踏査したダルコット峠でも四五〇〇米を越える。四囲にはまだ無名峰があり著者は日本人登行の先駆者といえる。

一口《ひとくち》に七千米の山といっても、すぐにピンとは来ないが、私は富士山を二つ重ねた高さで白く輝いている様子を空に描き、迫力を想像してみる。ヒマラヤでは富士山の高さの氷壁など珍しくはないのだから、山体からしてまるで日本の山とはスケールが違うと思えばよい。

そういう場所での山の歌として私は注目する。

凍てし雪にアイゼン利けばこころよし月はあたかも雲を離れぬ

おのが身体ザイルに繋ぎ寝《い》ねむとす薄明までのあと数時間

六〇〇〇メートル地点の氷に取り付きて動かぬドイツ隊芥子粒の如くに写る

ピッケルを幾度もはね返す蒼き氷足場を刻む掌のむくみたり

二段《ふたきだ》に崩れし氷瀑百メートル一段のぼりこの日暮れたり

三千メートル直下に緑地も吾がテントも見ゆランドサットの地図見るごとし

あるいは、

草敷きて寝るも今宵を限りとしペチュスの氷河上らむとする

コヨ・ゾムの氷壁蒼し友呼ばふ吾が声かへる静寂《しじま》乱して

友失ひ一人越えたる日を思ふ物音絶ゆる峠にしばし

は一九六八年、友遭難の時の追憶。

著者がこの辺境に魅せられたのは深田久彌その他の岳人の仕事を知るにつけ、残されたヒマラヤの未踏の地をという山男の意欲もあったと思うが、奥地の峻嶮を突破した求法僧らと共に、未知の地を執拗に調査した偉大な探検家のヘディン、スタイン、あるいはチトラル周辺をくまなく歩いたショーンバーグに寄せる思いがあったからだと思う。

また根底にはショーンバーグのいくらかつめたい観察でなく、まずはこの貧しい地の人々を暖かくみている眼がある。

スタイン記しし十戸の集落残りをり半世紀に人口二人増えしのみとぞ

氷河より引きて流れの豊かなり人は住みつぐ羊皮まとひて

雪豹の毛皮背負ひて老来る火縄銃にて去年《こぞ》仕止めしと

身にまとふ衣服はわわけ下《さが》るとも碧澄みたる瞳美し

金銭のすでに用なき土地に入る一日《ひとひ》の労賃は茶のひ
とつかみ

わけてもチトラルの王族、汗《ハン》の末裔、シャハザーダ・ブルハーン・ウッディーン氏との交流があった。それだけに一九九五年七月六日、氏の事故死は、追悼文によく心情があらわれているが、衝撃でかつ痛恨のことであった。

人一倍銃の暴発をいましめし君なるに鳴呼銃に落命
す

オアシスの峡に弔砲轟くと君を葬りし日のさま伝ふ

等々。

この歌集についてはまだ語るべきことが多い。妻を伴っての再訪、ブット女史との再会等人間交流を歌っていて、きびしい自然に対してのシャープな歌とは、またちがう側面も豊かである。

また、構成的には歌の内容は必ずしも年次のままでなく、かつての中国大陸行、あるいは友を失ったコヨ・ゾム行等が、湧き上るようにくり返し歌われているのも、内容を豊かに増幅させている。

さらに著者がさり気なく一首取り上げている事柄の一端が、おそろしく知的刺激を与えるのも、文明、京太郎の歌の特色とも同じくし、時に、叙事的内容をもつ。これはそうざらにみられる特色ではない。

樓蘭出土の麻紙に妻子の安否問ふ藤三娘に似て勁き
その文字

舟あまた繫ぎてここに橋となすアレキサンドロス軍
北上渡河点

鷗外の史伝を読みてあこがれし波響の画を見る海の
辺の寺に

などでも、例えば蠣崎《かきざき》波響《はきょう》〔明和元年（一七六四）―文政九年（一八二六）〕の最も特色ある代表作が、アイヌ酋長の肖像連作であると知れば、著者の関心がそのような問題へもとどいていることを知るという具合である。

私はまた更に欲ばって著者に豊富な歌と文章とを期待したいと思っている。

あとがき

本書は第一歌集『崑崙行』に次ぐ、私の第二歌集である。大半は「アララギ」に掲載された作品であるが、「短歌現代」、「ポポオ」、「NHK短歌春秋」などの各誌に載った作もふくめ、五百首ほどの作品から三五九首を収め、概ね制作順に配列した。

書名は本書中の一章から転用したが、その中の一首「雪原にわづかな眠りに入らむとき東《ひんがし》の空に光るペガサス」にちなむ。と同時に私のヒマラヤ研究の師とも言うべき諏訪多栄蔵氏（先年物故された）が、中央アジアの探検家ネイ・イライアスを論じた一文の題名「辺境の星」が、深く私の記憶に残っていたためである。昨年六月に不慮の死を遂げたブルハーン・ウッディーン殿下を追慕する気持をも込めて、私はこの書名を選んだ。本書を殿下に捧げる所以である。

殿下については巻末に追悼文を収め、表紙には、一九九二年にチトラールへ同行した岩切岑泰画伯（日本山岳画協会）が、殿下の居館の篠懸（チナール）の大木の下で描いた肖像スケッチを提供していただき、以って三十年に及ぶ交誼の記念とした。

土屋文明先生の歿後、この数年の間に学生の頃からアララギでお世話になって来た落合京太郎、柴生田稔、吉田正俊の諸先生が相次いで亡くなられた。落合先生の面会日には、先生は私の歌稿にいくつか丸印を付けると、しばらく西域談義に時を過すのが常であり、後には鎌倉の建長寺で心ゆくまで西域の風物や求法僧について語り合った思い出がある。

落合先生と松野谷夫氏が亡くなられた時には、さすがに歌を作る張り合いを失ったような気分になった。両氏とも日頃ていねいに拙作を読んでおられ、直接励ましの言葉をかけて下さっていたのだった。

本書の中心をなすのは、一九九二、九四年のふた夏、チトラール最北部のシャー・ジナリ河源を探った折の作品群（紀行文「チトラール風まかせ」参照）である。特に九四年には、かつてコヨ・ゾム（六八七二メートル）登山の帰途、馬にのって越えたシャー・ジナリ峠（四二五九メートル）に二十五年ぶりに立ち、往時をしのぶことが出来た。巻頭の写真は、その折（一九六八年八月）のものである。

私の歌について一言すれば、レトリックの巧緻を争っている観のある今の歌の世界から見れば、先ず正反対のものであろう。私は素材の味をなるべく損なわないよう、単純、簡明に歌うという行き方を心がけている。

近ごろ、かなり高名な歌詠み諸氏が歌を作ることを「歌を書く」と表現しているのをしばしば目にすることがあり、違和感を抱くことが多い。私のは「書く」のではなく、「歌う」のである。中央アジアやヒマラヤ（広義の）を歌ってかなりの年月が経過したが、まだまだ歌いあきるということはない。もう十年くらいは、かの地を歩き続け、「歌い」続けるつもりである。

本書のため「跋文」をお願いした吉田漱氏は、アララギの先進として学生の頃に存じ上げていたが、近年に到り、ヒマラヤの地図や写真に格別の関心を抱いておられるのを知り、その方面でもお付き合いいただいている。谷川岳登山開拓者の一人である吉田直吉氏（書肆浅倉屋、十一代吉田久兵衛）は伯父に当り、広義のヒマラヤをテーマとした本書を論ずるに、最もふさわしい方であろう。その鋭い評言を半ば畏れつつ、私の作品から何を引き出して下さるか楽しみでもある。

本書所収の作品の大部分については宮地伸一先生に目を通していただいており、適切な助言を受けることが多かった。感謝申上げる。校正については『崑崙行』の時と同様に吉村睦人氏にお願いした。再度のお骨折に対し厚くお礼申上げたい。さいごになってしまったが、この度も出版の労をとって下さった短歌新聞社社長の石黒清介氏に深く感謝の意を表したい。氏は呑気に構えている私の尻を再三たたいて下さり、この歌集が早く世に出るように計らって下さった。石黒氏の叱咤なくば、この歌集の出版はもう二、三年おくれていたと思うのである。

妻輝子は前回同様、チトラールに取材した版画を提供してくれた。九二年のシャー・ジナリ河源行には、彼女も同行して終始、私以上に元気であった。次の機会には、桜草が膝を没するほど群生している「花の谷」をともに探り歩くつもりである。

ブルハーン殿下が亡くなられて、寂しさこの上ないが、オアシスの村々には我々を待っていてくれる多くのチトラール衆がいる。その苛烈な自然の中で剛毅と果敢さを失わない人々と、未知の山谷を跋渉することは、私の無上の喜びである。

一九九六年　初夏

雁部　貞夫

琅玕（抄）

亡き父母雁部武夫、はるいに本書をささぐ

カブール幻想

愛娘一年教へし縁《えにし》にて押尾大使待ちたまふ流氓われを
アフガン語巧みにわれを導きぬイスタリフの青き大皿挽く所をも
バブール帝の都となりて五百年人らのどかなりき水煙草吸ひて
石榴たわわに葡萄の房の垂るる下ほしいままにす昼の眠りを
本省にはもう戻れぬと泪せりアフガン大使は酔ひたる果てに
金のコインにカロシュティ文字刻めるを現に見たりカブールへ来て

この国に来たりし験《しる》しとたまひたり千年の輝き保つ金貨一枚

一木一草とどめぬ山並み越えゆきて見たりき百五十尺の大き仏を

バーミアンの大き仏のその脚下弾薬積めり今の現に

長き戦さの果てにソ連を退けし事さへ空し抗争つづく

崑崙の玉

崑崙の荒玉磨き杯となす葡萄の紅き酒満たさむか

沙漠の地とほき于闐の玉蒐めし琉璃廠にかの一盞を得つ

万元の鶏血石も何せむやヒンドゥ・クシュの青金石《ラピス》たふとし

「妻妾を好みて子は百二十余あり」中山王劉勝は死して金縷の玉衣を残す

何故に吾をとらふる崑崙の玉か碧《みどり》とくぐもれる白

九山[*]忌

＊九山は深田久彌氏の俳号

茅ケ岳にみまかりて二十七年かあたかもアララギ終刊の年

三月二十一日午後一時心臓停止と記すメモ「九山句集」の間より出づ

別れたる妻のその後《のち》知るなしと或る日は酔ひて言ひ給ひけり

金借りてシルクロードへ行く話「男は狡い」と夫人笑ひき

香をたく順待つ姿の孤独なりき柴生田先生終の御姿

熊谷と俺を残して逝つたかと香手向けたり雪降る中に

吉田正俊氏

君の好みしゲーテの「漂泊者の夜の歌《ワンダラーズ・ナハト・リート》」君亡き後は我も歌はず

「ゲーテの木」今も在らむかナチス強制収容所となりし橅の林《ブーヘンハルト》に

悔い改めよ《ペニテンツィアーノ》

コピーされてアララギ終刊のニュースが巡り来る小さき歌会の始まる時に

電光の如く閃く聖句一つ「汝悔い改めよ《ペニテンツィアーノ》」時は未だある

「私心を去れ」と左千夫が書きて九十年もろくも潰ゆ人得ぬままに

つづまりは廃刊も私心のなせるわざよく見よ左千夫の創刊の言葉

権力にすりより擬態をくり返すカメレオンにも似たる奴ばら

それぞれに力尽くして歌詠みし子規を左千夫を文明を思ふ

汚濁の世を去りてオアシスへ吾が行かむ輝く空と雪山を見に

西域の樹になるその実皆うまし山柿仙桃石榴に棗

成尋阿闍梨

アララギに大陸の旅の歌多しされど伝へず黄河沙中の成尋の碑は
寄る辺なき母を残して渡海せし六十二歳の成尋を思ふ
八十歳を越えてその母は歌残す宋へ渡りし子に見せむため
渡海せしまま宋に果てたる阿闍梨ありその母の歌を読み得たりしや
「洛陽伽藍記」夜々読みつぐは楽しけれ永寧寺の金の風鐸響けるさまも

落合京太郎先生

出来損ひも或る時は珠に変化すと言ひたまひけり呵々と笑ひて

鰹のハラモの旨きを説きしは何時の夕べわれも天山の葡萄称へき

先生の余しし鰻も平らげて吾若かりき若宮大路の春の夕べを

「品がない」と彼の者を一言で切つて捨つ亀裂の見えぬ頃のことなり

古の聖も豹変の語を残す而して許さるべきかこの変はり身は

諏訪多栄蔵氏逝く

深田先生亡き後のヒマラヤの生き字引君も逝きたり未完のノート残して

わかりますかと問へば微笑み吾が名言ひきただ穏やかに病ひの床に

片仮名ばかりの記述の中に吾が名あり最晩年の君の日記に

アルツハイマーの進行まざまざと示したり字画崩れし君の日記は

逝きし人々

今朝早く夫ベインズ逝きましたわづか二行のファックス届く

ベインズ山岳書店主逝く

年々に送り来りしヒマラヤ文献幾百か三十年の交りも絶ゆ

「深田君の死ぬのは十年早過ぎた」君は嘆きぬ九十二年の命保ちて

吉田正俊忌二首

社長室を一度見たしと吾が問へば君は笑ひきいいよと言ひて

松野谷夫氏に励まされたる喜びを告げ来し文に乱れなかりき

悼・東条光男氏

五大陸吟行の歌集『比翼旅』編みつつありと告げ来しものを

陳舜臣氏

テレビの画面を見つつ眼を疑ひぬ孫文を称へて口よよむさま

老いてゆく姿を容赦なく映し出し残酷なりきテレビといふは

事もなげに辺境叢書の解説を引き受けくれき稿料の安きを言ふこともなく

若い人の後押しするは気分よしと盃上げしは十年前か

大陸浪人は打茶囲好むと嘆かれき副島次郎の日記手にして

打茶囲とは何のことかと問ふ吾に即座に答へき「妓楼に遊ぶこと」だと

右の手に左手重ね稿を書く御姿見つつ胸迫りたり

たどたどとペン運ぶ君もの書くは最も楽しと言ひたまひたり

莨に題す

草冠に良しとも書くぞ雅びなるかの字はうれし煙草喫《の》み吾に

たかが煙草と言ふことなかれ宇賀田為吉も辰野隆も煙草の文化を称ふ

友ら失ひ日々につのりし孤独感パイプ吸ひつつわづかに堪へき

思ひ出づる芭蕉の壁書の一箇条「人の莨は喫むべからず」と

トルコより妻の買ひ来し海泡石《メヤシャウム》のパイプは美味し煙よく冷ゆ

南海の底ひに凝《こご》りし海泡石吾は愛するその純白を

幾年か使ひしパイプ純白の色は変じていま琥珀色

ヒマラヤの清き大気を胸に吸ふ煙毒よしばしわが身より去れ

「悪魔の水」は口にせざれど「悪魔の煙」時々吸ふとバブーは笑ふ

カランバール峠越え（一九九九年夏）

㈠　キシマンジャにて

泉あればジープとどめて昼餉とす茛一本しみじみ旨し

南《みんなみ》に酒酔ひ星は今日も出づテントにひとり茛喫ふとき

草の上のテントに入れば暖かし壺中の天の如き空間

腰曲がれる翁出できて吾が手とる三十年前の若者を覚えてゐると

皺の奥に壮者フセインの顔浮かぶ四十キロの荷を軽々と背負ひて呉れき

かの時の塩茶旨かりきと吾が言へば「今は砂糖を多く使ふ」と

麦畑の目立ちて増えしを称ふれば人も増えたとフセイン笑ふ

今宵よりひとりテントに眠るなり莨もいびきもほしいままにて

「軍団の草地《ラシュカル・ガース》」と言ふは古の宿営地出湯あり青く雪山映す

思ひきや湯は澄み透る明礬泉雪山迫るこの高原に

㈡　コヨ・ゾム見ゆ

コヨ・ゾム*はその北壁を隠すなしかの日の如く蒼く凍りて

*ヒンドゥ・ラジ山脈の主峰（六八七二メートル）

ジェット気流は山の頂きを越えゆくか今朝限りなく雪煙を上ぐ

コヨ・ゾムの傍へに吾らの立ちし山雪のドームは真日に輝く

地図に無き山に立ちにし日もはるか新たなる地図は記載す「白きドーム《イシュペル》」と

若く逝きし友らのためにケルン積むコヨ・ゾムそびゆる河のほとりに

河へだてて友らの果てし氷河見ゆその名叫べば谺はながし

上り来しヤルクン河の最狭部水は逆巻く虹を立てつつ

狭まりし谷の掛け橋五メートルしぶきは凍る今朝の寒さに

良き栗毛とほむれば青き眼の男ひと駆けせよと手綱を渡す

四千メートルの高地に育ちし若き栗毛ひと鞭当つれば軽々と馳す

天に近きこの草原に早駆《ギャロップ》けす吾が身も馬もひとつとなりて

㈢ カランバール峠*

*カラコルムとヒンドゥ・クシュ山脈の境の峠

高捲きの道は三時間のロスといふためらはず行く岩の近道

後になり先になりつつ峠越ゆイタリアの大き男も息弾ませて

今日《サラーム》はと声をかくればチャオと答ふイタリア娘は今日も陽気に

この峠越えなば日本へ近づくか「高貴な白《エーデル・ワイス》」は妻のため摘む

立ちしまま眼を瞑りゐる幼き驢馬その母に倚り身じろぎもせず

それぞれに人生の黄昏《たそがれ》を語るとき雪山映す湖も暮れたり

雲量8星見えずとも月麗し雲間にしばし輝きて去る

朝かげに移動始めしヤクの群湖岸の草をゆつくりと食む

限りなく静かに霜の朝明けてヤクは草食む霜を蹴りつつ

吾が乗るは今年十歳の黒きヤク四肢たくましく太き角持つ

氷蝕の谷踏み越えて幾時か吾が乗るヤクの歩みひたすら

㈣　カランバール谷下降

道知るは少年カリムただ一人今日は氷河を渉るといふに

笛を吹き草の実を食み煙草喫ふほしいままなるこの少年は

樺の木蔭に憩ひて笛を吹くカリム即興なれど哀韻深し

脚は勿論口も達者なこのカリム親に喫はすと煙草をせしむ

揺れ止まぬ鉄索一条河に懸く我が身託さむ籠の渡しに

星が消え天裂け山は飛び散ると聖句に読みぬ世の終末を

何処までも随きくる仔ロバかこの氷河を渉るさなかも母の乳《ち》を欲る

今日よりはグジュル十人荷をになふかつてアジアの漂泊の民

わが耳に声をひそめてバブー告ぐ「グジュルの衆に気を許すな」と

懸崖の一枚岩を匍匐せり西域求法の僧さながらに

険阻なる桟道続く三時間ときにグジュルの肩かりて越ゆ

岩の刻み目見失ふなと友に言ふ半ばは己れに言ひ聞かせつつ

十歩ばかりの足の運びが命分くグジュルもわれも今必死なり

水を汲みテントを張りてかひがひしこの少年とも明日は別れむ

柏槙の樹に倚りカリムは笛を吹く旅のをはりの月の下びに

あと一日好天続けと空仰ぎまたたく星に願ひをかけつ

バトゥラ氷河に日本人二名落命とラジオ告ぐれどその名伝へず

この河を越えなば旅はつつが無し古き靴紐今日にて捨てむ

対岸に吾らを待てるジープ二台心ははやるたぎちを前に

滝のごと水泡湧き立つ徒渉点飛び移るべき岩は四箇所

ひたすらにたぎちの岩を飛び移る無念無想と胸に唱へて

六十六歳の友もたぎちを渉り終へ「万歳《ジンダバット》」の声湧き上る

相澤正と山本英吉

長くはらふ文字は文明ゆづりにて宮地氏の入営励ます相澤正

付けペンの細き筆跡清らかに二年《ふたとせ》ののち中支にて死す

文明の荒御魂うけしは竹内六郎か相澤正は和御魂なり

生きてあらば良き著述家にもなり得しと山本英吉氏言ひき眼つむりて

相澤君の後輩でしたかと茶を注ぎぬ五味先生の名刺見しのちに

東京駅を出で入る毎に思ひ出づかの丸ビルを山本英吉氏を

相澤正の年譜に見出でし曾根光造その婿脩《おさむ》氏は吾が山仲間

ヒマラヤの峰より出でし清き月肴は要らぬと酒酌みたりき

この友もヒマラヤ病の患者にて酒にこと寄せ吾を呼び出だす

映画「カラコルム」

ゆくりなく渋谷の街に来たり見る映画「カラコルム」四十五年ぶりなり

スタインの墓前に額づく木原均博士我の訪ひしはその十三年後

探検家ハズルンドの墓ありたりき土爾扈特《トルゴト》の王女エレンに恋せし男

小麦の祖先を示す場面も忘れがたし変哲もなき禾本植物なれど

かの頃の博士ら貧によく耐へて装具乏しく氷河越え行く

次々と出でくるカラコルムの大氷河われの一生もここにつながる

板垣清氏を憶ふ

酒好きかはた旅好きか日焼けせる顔ほほゑみて語り合ひしを

古希すぎて人行きがたきアマゾンをイスラム世界を飽かず詠みにき

ブータンの山河を詠みて自在なりきなかんづく大き仏画《トンドル》をたたへし一首

ババリアの山の男

時間違へずホテルに来たるドイツの大男トランク二つ両手に提げて

敵性語の英語はロシア語より苦手と東ドイツの友ははにかむ

麦酒一盞たちまち乾して歌ひ出づ「野薔薇」を意外に澄める声にて

麦酒好む友はババリアの山男鹿の刺身を幾皿も換ふ

岩登りはもう無理ですとハイシェル氏肥えし脾腹をゆすりて笑ふ

山の上の芒の原にこの友とシュトルムを語る「甘き無為《ジュウセス・ニヒトゥン》」など

自らの登頂せし山見出づるや君のドイツ語にはかに忙し

新しき地図出でむ日を待ちまちし広島三朗も原田達也もヒマラヤに逝く

宮地氏は歌よみ善人説深田氏は山男善人説ともに肯はむわれの師なれば

星宿海

残る生の願ひは一つ大黄河の河源探りて星宿海へ

スパイ衛星駆使せるソ連の軍事地図示すはかの湖キリル文字にて

如何なる経路辿りてわが手に来し地図かインダス河源も詳しく描きて

人工衛星《ランドサット》のとらへし湖が或る日見す玳瑁蓋の虹のきらめき

一斤半角の新疆甜瓜に渇しのぐ蘭州西寧青海の道

黄河河源思ひ描けど道の半ば青海湖にて踵返《きびす》しぬ

大仏爆破

爆破一瞬画面を覆ふ風と沙歴史なみする愚行を見つむ

予告されし大仏爆破をはばみ得ぬ文明国の無力口惜し

何億も金を費やす大使館命かけてタリバンと渡り合ふ一人だになし

「飛雪千里」と求法僧らの伝へたる梵衍那《バミヤン》行きにき麦うるる頃

エンジン不調の車に寝ねしことありきシバル峠に月明かかりき

大雪山《ヒンドゥ・クシュ》越えて梵衍那《バミヤン》国に来し玄奘「百五十尺の大仏」記す

腹病みて幕舎に臥しし二日間夜は野犬の声とよもして

御顔削がれし大き仏を仰ぎしかさへぎるものなき月の夜なれば

褐色の大地の中のバンデ・アミール湖青き光も今はまぼろし

横山史郎君個展　足利にて

ピッケルをかつて執りし手に絵筆握りリハビリ七年山の絵描く

ひと夏に七千メートルの山三座極めしものをリハビリの日々

桜草の淡き紅描くときヒマラヤ恋ひて心うづくとぞ

深田夫婦すこやかにして酒酌みきヒマラヤの土産話を肴にしつつ

個展見終へて歩めば木隠れに法楽寺文明親子の遊びしところ

思ひがけず今日来り遇ふ寺三つ「白雲一日」の歌の跡なり

B・チャトウィン頌

パソコンに子が引き出だす歌の世界折角なれどポルノは無用

電脳のカタコト短歌に付き合ひてチャトウィン一冊読み損ねたり

読みたきはチャトウィンの本「何故われ此処に在りや《ホワットアムアイドゥイングヒア》」かのランボオの口癖なりき

十年経て訳し了せぬ『オキシアナの道』知る人ぞ知る旅の傑作

「乾ドックの中なる仏陀」と記せるを吾も肯ふバーミアンを見て

カルダモンの香り漂ふ茶のみどり腹痛む日々に慰められき

雪解けの水に冷やしし乳形の青き葡萄よまぼろしに似て

身のふるへしばらく止まずカブール博物館破壊のさまを具に知れば

商魂はいつの世にても逞しくバーミアンの壁画をはぎて東京に売る

報復の世紀

戦時体制にかの大国もなだれ行き戦費幾億ためらはず決む

ヒンドゥ・クシュの山の峡《はざま》のオアシスに息ひそめゐむ人らこそ思へ

ソ連支配にタリバン支配に耐へて来し民をミサイルに射つと言ふのか

大聖堂《カテドラル》に報復誓ふ大統領法王《ポープ》は報復さけよと言へど

暗殺も辞せずと叫ぶ軍と民法治国家の誇り捨てしか

暗殺《アサシン》は大麻《ハシシュ》吸引より出でし言葉死地へ赴く者を鼓舞せり

美女と大麻を餌に刺客を養ひし「山の老人《ハサン・サバー》」いまに思へば牧歌的なり

すでにしてビル倒壊より三週目廃墟に今なほ煙くすぶる

マスード暗殺

チトラルより友送り来しEメールマスード暗殺の噂のありと

用心深きマスードの死を疑へど一日遅れてテレビも伝ふ

ただ一度ブルハーン邸に語り合ひきソ連撤退を見通してゐき

アフガン・ルビーの鉱山《やま》が資金源かと吾が問へば君は静かに微笑せしのみ

チトラル帽を好むと言へば微笑めり氷河の水を掬むにも良しと

マスードの率ゐし騎馬兵約二百狭霧の中を去りて行きしか

アフガンへの峠を踏みて三十年かのマスードも越えて帰らず

たはやすくアフガン爆撃をくり返す米国にアジア蔑視の思想ありありと

かかる時「お前ほど優しき者は無し《オン・ブラ・マイ・フー》」と歌ひたし声を励まし山に向ひて

以上　一九六首

紀行・カランバール峠を目指して

――一九九九年の記録――

(一) 成田からラワルピンディへ

　一九九九年、八月六日の昼すぎに、成田空港をＰＩＡ（パキスタン航空）の八八一便で出発。その前に待合室で当分飲めなくなる生ビールを一行六名が一気に飲み乾した。これから行こうとするのは回教国、酒はご法度のお国柄だ。外国人が一本くらい自分のために持って入国するのは、これまで大目に見られていたが、今年はどうなのだろう。六人とも酒瓶を秘かに持っている。私も「新アララギ」の尾部論と森良子夫妻が、はるばるスイスから送ってくれた赤ワインと、先年参加して今回は病気のため不参、しかし、空港までわざわざ見送りに来てくれた関口君差入れの十五年もののウィスキー一本を持っている。しかも、銀のスキャットルに気付け薬と称するコニャックさえしのばせているのだ。

　北京で給油、その間当局の指示で乗客は機内にとどまる。期待していたタクラマカン砂漠は、夕闇の中にまぎれて定かではなく、その後のカラコルムの大氷河地帯にさしかかる頃には漆黒の闇となる。こうなれば寝酒代わりのコニャックを少々楽しみ、ウトウトとまどろむのみ。

　現地時間夜の八時半にイスラマバード空港（以前のラクルビンディ空港、首都の名をその後転用した）に安着。いよいよ回教国への第一歩を踏みしめる。そして問題の通関だ。不安気に後ろに続く五人の仲間の視線を一身に受けて、リーダーたる私は気立ての良さそうな係官の前へ行き、チトラールの奥地へ還暦祝いのトレッキングに行くための大荷物を抱えているのだがと言うと、「ＯＫ、日本人は世界で一番問題のない民族だ。通りなさい」ということで無事に通過。案ずるよりも生むが易しか。

　空港出口のゲートには、これから三週間にわたり雑事万端を取りしきる三十年来の友、バブー・モハメッドが待っていた。トレッキングの今日の隆盛を数十年前から予見し、チトラール人として最初に政府公認のガイドとなった男だ。二年前のダルコット峠（四五七二米）行では四週間にわたり、寝食を共にして実に愉しい、忘れ難い山行の思い出がある。旅の成否の八十パーセントは、バブー（元来は、インド人の書記を表わす普通名詞）の双肩にかかっていると言っても良いのだ。

四つ星ホテル（五つ星が最高級）のシャリマールに落ちつく。先年泊まった所で気心が知れている。今回の旅では各地のホテルに八泊する予定だが、その中ではこのシャリマールが一番いいホテル（近代的な設備がととのっているという意味では）だ。この市街は元々はイギリス植民地時代の軍都で、街の一角には今でもパキスタン陸軍や空軍の兵舎《バラック》がある。そして、このホテルの近くには、パール・インターコンチネンタルという最高級のホテルもあり、静かな区域だ。

メンバーが六人なので、二人一組で三部屋に分かれた。その組合せは雁部（国語）と近石（建築工房主）、曽根（国語）と市川（日本史）、山崎（物理）と永原（数学）のコンビで、最後までこのコンビを崩さなかった。日々の行動や連絡をスムーズに行う必要があるからだ。われわれ六十歳コンビの部屋は広い寝室ともう一部屋リビングが付いていて、ゆったりしたものだ。ちなみに最年長は曽根の六十六歳、平均年齢五十七歳の老童チームである。夜おそく、スコール降り、雷鳴とどろく。明日は少しは涼しくなるだろう。

翌七日、午前中にバブーと連れ立って、ビンディ市街から北にタクシーで一時間近くかかるイスラマバードへ行く。ここに首都機能が集中し、各官庁、公的機関の建物が緑の中に整然と建ち並ぶ。その中の一つ、観光省に出向きお墨付きをもらう。トレッキング・パーミッションだ。この書類なしには国境近くの山地を歩くことは出来ない。行く先々の国境警備隊などの駐屯地などで、これを提示しなければならない。何しろ国境一〇マイル以内へ立ち入る者（外国人）は警告なしに発砲されても文句は言えないことになっているのだ。幸いなことに先年と同じ局長がいて、即座にパーミッションが発給された。

帰途、イスラマバードの高級住宅街の中にあるヒンドゥ・クシュ・トレイル社へ立ち寄り、社主のマクスード・ウル・ムルク氏に会う。バブーはここのチーフ・ガイドとして多年にわたり尽力しているのだ。マクスードはチトラール王家の一員で、わが恩人ブルハーン・ウッディーン殿下の甥に当たり、五十歳くらいのソフトな感じの人物で話し易い。

ところで、チトラール王家の人々の名の末の方に付ける名称には二通りのタイプがある。一つはウル・ムルク（ul-Mulk）もう一つはウッ・ディーン（ud-Din）である。このことは長い間私の疑問となっていたが、バブーの言う所では、前者は嫡子を意味し、後者は庶子の意であること。十九世紀末にイギリスの後押しでチトラール王家を継いだ少年シュジャ・ウル・ムルク（Shuja ul-Mulk）は、その後長い間王権を握り、大王とうたわれた人物。この人は複数の王妃との間に数十人の子息を設けた。わがブルハーン殿下もその一人だが、私が三十年にわたってチトラールで自由に暮らすことの出来た殿下の館は、城とは言えない。彼ほど活動的で優秀な人物でも、五、六か所の要地に現存する城砦の主たり得なかったことの最大の理由は、庶子であったことによるものと思われる。そういえば東の要地マストゥジの城主はフシュワクト・ウル・ムルク氏で、その子息シカンデル・ウル・ムルクは、ブルハーン殿下の片腕として働き、今では殿下の孫娘と結婚しているが、二人ともウル・ムルクである。チトラールのことなら何でも知っていたつもりだが、実際には知らないことも多い。旅をいく度となく重ねるうちにはからずも、長い間疑問としていたことが氷解する。これも旅の持つ効用であろう。

　その日の午後は各自が自由に行動しさらに明朝のチトラールへの出発を前に隊荷の再点検をしたり、旅装をととのえたりした。夕食は出発の前祝いとして、バーベキュー・ガーデンで、焼き肉を中心とした豪勢な夕食を楽しんだ。カバブーや地鶏のスパイシーなローストなど絶品。デザートのマンゴーやハルブープ（アフガン産、マスク・メロンの原形といわれる）もたらふく食べた。皆旺盛な食欲で、最後には皿に山のように盛ってくれるアイス・クリームまで平らげてしまった。

　おまけの話を一つしようか。この庭の入り口にBAR-be-cueの標示を見た仲間の一人が入ってくる時に、おい、ここでは一杯ありつけそうだぜ、と得意然とした顔で言うので、おかしくなってそのBARというのは、バーベキューの「バー」だよというと、何だそうだったのかと大笑いした。実は私もここにはBARが有るのかと、だまされかかったのであったが。

(二)　チトラールからブニを経てミラグラムへ

八月九日、夜中の二時に目覚めた。今日はいよいよチトラールへ向けて出発する日だ。やはり興奮しているのだろうか。葉書十枚ほど、ひたすら書く。単純になっている頭には、これがなかなかの難事業なのだ。当地第一のタバコ「ゴールド・リーフ（黄金の葉）」を数本吸って、ひと落ち着きしてから一時間ほど眠る。四時半に起床、五時に朝食。六時にはトヨタ・ハイ・エース（ワゴン車）に乗り込んで出発した。

　パンジャブ平原をひた走り、北西辺境州への入口アトックでインダス川を渡る。ここには古いムガール王朝の城砦があり、今でも陸軍が駐屯している。町はずれの茶店（現地ではチャイハナと呼ぶ）で一服。ここから見るインダス川は実に広大。対岸が見えないくらい川幅が広い。こちら側の岸辺にはユーカリや柳の樹林の緑があざやかだ。チャイハナでは例によって羊肉のカレー汁をおかずに焼きたてのチャパティと紅茶数杯で二回目の朝食とした。

さて、この後はパキスタン陸軍の大駐屯地であるノーシャラからマルダンを経てマルダン街道をひたすら北上し、マラカンド峠へ至り、スワート領を通過して、ディール領へ入り、ディールの町へという次第なのだが、この部分はすでに拙著『辺境の星』所収の紀行文「チトラール風まかせ」で書いているので、くり返さない。但し、あの頃から七年たったので、現地事情はかなり変化している。この町まで舗装道路が延びているので、ピンディを朝出発すれば、丁度ここで昼食というタイミングになる。我々は先年のホテル兼食堂へ入り、しっかりと食事をとった。

ディールの町を出発して、本日第一の難所ロワライ峠越えにかかる。チトラールへ入る南の関門、表玄関といった感じである。下界は連日四十度を超える暑さなのに、三千米を越える峠は曇天のせいもあるが、さすがに肌寒い。私は半袖シャツの上にセーターを着込んで峠を越えた。北のパミールの乾燥した風土と、南の湿潤アジア、つまりインド平原の境が丁度この峠を以って二分される。ロワライ峠とはそのような峠だ。われわれの北に伸びるチトラールの長大な谷の上空は、峠付近では霧雨が肌を冷たく打っているにもかかわらず、すでに青空の領分となっているのだ。

峠の九十九折りの難所もスイスイ飛ばして、一時間ほどで下り切り、あとは舗装された道を、一路今夜の宿所であるナガル（城砦という意の地名）の古城へ向かう。左手はチトラール川（下流はカブール川へ合流）の濁流がとうとうと流れる。

一時間半ほど走り、ナガルの城へ着いた。先年一泊した所だが、城の外壁（木材と石を組んだ表面に泥がけしてある）は高さ四〜五メートルくらいの堂々たる構えで、外側に二寝室のゆったりしたゲスト・ハウスが二棟建っている。期待していたワインは出ず仕舞い、昨年の葡萄は不出来だった由。しかし、メンバーのうちの誰かがウィスキーを出してくれたので、チトラール第一夜を乾杯して締めくくった。

八月十日、チトラールの町へ向かう前に城の南側の果樹園に案内された。よく手入れされた千坪ほどの敷地に数百本の西洋梨が沢山の実を付けていた。まだ未熟で食えぬが、収穫期には連日チトラールのバザールへ出荷するそうだ。

ナガルの城砦の住人たちに見送られて、いよいよチトラールの町へ向かう。気分の良い朝だが、北の高山地帯（ヒンドゥ・クシュ主稜）に雲が湧いていて、この地方を象徴する名峰ティリチ・ミール（七七〇八米）は、残念なことに厖大な山体の上半分は雲の中。この高峰は、駿河の国、いや日本国の山にたとえると富士山に匹敵する（もっとも高さは二倍ある）ヒンドゥ・クシュ第一の高峰なのである。

一時間ほどの走行でチトラールの町へ入る。直ちに今日の宿、マウンテン・インに車を横付けし、例の如く二人のペアが三部屋に分かれて陣取る。各自が明日からの奥地入りに備えて旅装、装備の点検。そのあと三々五々バザールへくり出す。

相棒の近石氏がチトラールの民族服をあつらえたいと言うので、昔からの知り合いザファーの店へ連れて行く。ザファーのことは『辺境の星』所収の文章にも書いたように、私とは昔から丁々発止とやり合った仲だが、何でも腹蔵なく話し合える友でもある。他の人に聞けないような事でも、この服地屋の店主になら聞けるのだ。近石氏の採寸が始まった所へ曽根さんもやって来て、やはり服をあつらえることになった。こうなれば、私も又、指をくわえて見ているわけには行かない。ザファーが暗緑色のしなやかな織りの綿の生地を選んでくれた。仕立ては近くの別の店の主人がやって来て、三人の服を徹夜してでも作ってくれるという。我々は明日の朝早く、奥地へ出発するからである。

チトラールの歴史、民俗のアウト・ラインは、私の既刊の二つの歌集『崑崙行』と『辺境の星』に収めた文章に記したので、繰り返すのは止めよう。要するに歴史的には、十四、五世紀以来この山国は、メーター（Mehtar）と称する支配者（先祖はタメルラン＝チムールの系統に発する）によって治められ、十七世紀頃から十九世紀まで内訌に次ぐ内訌の歴史がある。その内訌のピリオドは、一八九五年に打たれた。チトラール攻囲戦の結果、幼王シュジャ・ウル・ムルクを擁立したイギリス（インド政庁）の保護下に置かれ、チトラールはインド帝国の一藩王国となって、第二次大戦後のパキスタン建国に加わる。メーター以下住民の多くは回教徒だったのである。

八月十日、八時半に出発。バザールでザファーから服（上・下）を受け取った。生地代と仕立て代を含めて、一人分約千円。これはべら棒に安いと言うべきであろう。

今回は日程が二十一日と短いので、ドロムツのブルハーン邸は訪問せず、ひたすら奥地へと先を急ぐ。三台のジープに、日本人六名、バブーと料理人二名の計九人が分乗。それぞれのジープには運転手の他に助手が各一名乗り込む。

今夜の泊まり場は、ジープで六時間先のミラグラム村。途中にマスツジの城があり、そこには先年泊まったが、今回は残念乍ら素通りして、マスツジ川（少し上流からヤルフーン河と名称が変わる）の右岸の崖道をすっとばす。冷や冷やの連続だ。しかし左岸のオアシスの村々の奥には、おなじみのブニ・ゾム（六五五一米）の雪ぶすまが、まばゆく輝く。一九六六年の夏、ザイル・パートナーの小田川兵吉と唯ふたりで、最北西部のサラグラール峰（七三四九米）を偵察した帰りに、無謀にも、もうひと山を狙って、北側のブニ・ゴル（谷）から北壁に取り付き、五〇〇〇米まで達したが、時間切れ、食糧切れで下山。しかし、そこから夜明けのサラグラール峰とティリチ・ミールを撮った写真は珍しい角度からのもので、今でも牧潤一氏ら二、三の画家や写真家に、一度はそこからのヒンドゥ・クシュの山々を見たいと言わしめているのだ、と自慢の種になった代物（cf・「暮しの手帖」67年春号）。

シュウインジ（二三〇〇米）の村の近くで左岸に移り、四〇分ほどの所で水量たっぷりの、大きな泉に出会い休憩した。清冽な水に出くわすのが、旅中の最大の楽しみであり、一日に一回は必ずそうした泉がある。灼けつくような陽光の下を走行していると、汗はかかないが、体の水分は自然と発散するので、泉々でたっぷり水分補給をする必要がある。そのあとの、「ゴールド・リーフ」の一服はこよなく美味。人生の至福の時を感じさせるのだ。六人のうち、この至福を味わうのは私ひとりだ。

その夜はミラグラム村（二四五〇米）の美しいポロ・グランドの草地に個人テントを張り、ゆっくり眠った。近くのポプラの樹々のそよぎが、何よりの子守唄であった。

(三) コヨ・ゾム峰との再会

八月十一日晴天。チトラールでは当たり前のことだが、夜明けの気温は十数度。それが出発する頃には二十七度に跳ね上がった。先年は、このミラグラムの少し先のパワールの村で車を捨て、キャラバンを始めたのが、今年はヤルフーン河の北から東へ転ずる大屈曲部（そこから東へ長大な谷が開ける）の主邑ラシトまでジープが走行可能の由。小躍りして皆よろこぶ。キャラバンが二日も短縮できる。これは二十一日間の旅が二十三日間も実質的に楽しめることになるのだから。二、三ヶ所で沢を徒渉、ジープは水没している道の跡を倒れそうになりながらも、どうにか渡りきった。ラシトまで辿りつけるかどうかは、道路の様子次第、要するに「運」頼みなのだ。

屈曲部へ出る迄は、両側（東と西）に山が迫る峡谷で、ダルバンド（ペルシア語で、扉とか門の意）と呼ばれている。約四時間の走行で、谷の幅約一キロもあろうかと思われる開けたヤルフーン主谷へ出た。住民も北のワハン谷から古く移住して来たワヒ族の世界となる。その主邑ラシトまで、チトラールから、何と二日で来てしまった。ジープ道のなかった頃は、八日もかかって歩いた道なのに。

村の東端の緑したたる牧地にテントを張った。北にカン・クンの円味を帯びた山々、南西の下流をさえぎるように雪の鋭峰を聳立させたシャヤーズ（六〇五〇米）の夕映の絶景。広々と眺望の開けた気分のよい所だ。北の山地（アフガン国境）から流れ出す清流に恵まれ、水車小屋あり、湧水あり、牛羊が群れ遊ぶ。すこぶる牧歌的な所で気分よく食堂の大テントで和気あいあいの夕食をとった。誰かがウィスキーを提供してくれて、皆すぐにほろ酔い気分になった。

十二日、いよいよ今日から徒歩によるキャラバン開始。対岸のヒンドゥ・ラジ山脈きっての鋭峰のツィII峰（六五二三米）が今日最大の見もの。碧空をつんざくように聳える雪の尖塔が何とも美しい。数本の氷河がヤルフーンの谷へ相当の斜度で落ち込んでくる。徐々にこの谷の核心部へさしかかって来ているのだ。

今日の泊まり場キシマンジャの小集落の手前で、先年は大迂回して高捲きの道を採ったが、三時間のロスというので、今回は河岸に張り出した岩場をトラバース。その岩場の裂け目《クラック》を斜上して行くと、先行していた近石君から声がかかった。「未だまだ十分やれるよ」と。彼の言によると、この岩場の難度は第三級の上。第五級ともなると相当の難しさがあるので、三級なら中級のルートだ。足の下は、はるか下方にヤルフーンのいかにも冷たそうな流れが逆巻いている。

一時間程続いたトラバースが終ると、ルートはヤルフーン河の岸へ合し、川べりの道を辿るのだが、今は融水期の絶頂とあって、大部分は水没している。ズボンがぬれるのも気にせず、トレッキング・シューズのまま水の中を歩く。氷河からの水が集まった川なので、すこぶる冷たい。おまけに波さえ打ち寄せてくる。足が冷えきったところで、キシマンジャ一帯の林（ヤナギの類）が現れて来た。

集落の長《おさ》は、バブーの縁筋の翁で、三十二年前に私がここの草原で一晩、テントも張らず野天で寝袋に入る所を見ていたそうだ。今夜は一行六人のテント三張をバラ垣で囲った特別の草地に張らせてくれた。南正面にヤルフーン河を挟んで、コヨ・ゾム（六八七二米）の巨大な北壁の上半分が蒼く凍りついているのが見える。さすがに一日のアルバイトに疲れが出たか、私を始めとして、夕食もそこそこで寝てしまった。

八月十三日、昨夜ぐっすり眠ったせいか、すっきりとした目覚め。テントの中からコヨ・ゾムの屋根形の北壁がよく見える。今日も快晴、雲量はゼロ。頂上の雪の帽子から旺んな雪煙が上り、東へたなびいている。恐らくあの辺りは秒速五十米を越すジェット気流にさらされる世界なのだろう。たった三人であの山に挑んだ三十数年前のことが鮮やかによみがえってくる。

さわやかな冷気の中で出発。すでに三千米を越えたレベルのキャラバンだ。先年と同じルートで上流のイスカルワルツを目指すが、何処に何があるか、写真のシャッター・ポイントの地点まで頭に入っている。

ヴィディンコットの手前の河岸に北の山側からの伏流水が湧いていて、ヤルフーン河の濁流へ注ぐ。近石君とここで大休止。かつてのコヨ・ゾム登山のパートナーで、山の西側のコタルカッシュ氷河で散華した共通の友人、橋野禎助と剣持博功両君のためにケルンを建てた。その時のリーダーは私で、その時以来十五度に及ぶチトラール行と私の数百首の詠作は、すべてここに発源するものである。

ケルンを建てて、そこに近石は持参の古い写真とメモを記し、ナイロンの袋でおおって納めた。私がタバコ数本に火を付けて供えると、近石もキャンディ数個を供えた。手近に咲く紅色のバラを一本碑に飾り、ぬかずく。ケルンを立ち去る時に近石が河の対岸正面にそびえるコヨ・ゾムに向って叫んだ。

ハシノー、ケンモツー、またやってくるぞー

谺が長く尾を引くように水面を、山々を伝わって行く。果して何時またやって来ることが出来るのか。晴れわたった空の下にコヨ・ゾムと、その東にかつて私たちが立ったイシュペル（白い）・ドーム（六二〇〇米）とフラッテロ・ゾム（約六二五〇米）の純白の雪が輝いていた。

宿り場イスカルワルツへは、午後早く着いた。やはり先年の経験が大いに役立っているのだ。国境パトロール

隊の駐屯地だが、この前訪ねて来た話好きの若いキャプテンは姿を現さなかった。四千米近いので極めて涼しい。背の低い柳の茂み近くに幕営。流水もあり、よい飲料水が得られた。夕方から小雨。ウィスキーを一杯（沢山の意にあらず）飲んで眠る。

翌十四日早朝出発する。コイ・コルディの大平原までの長丁場だ。歩き始めの所でヤルフーン最狭部を渡る。幅四〜五米の所に危なっかしい板橋（手すりはない）が渡してあるが、十五米ほど下にすさまじい奔流がわき返って、背すじが寒くなりそうだ。橋は今朝の寒さで霜におおわれていた。

ここからコイ・コルディまで右岸通しに進む。草原が断続的にあり、小さな花々も咲いていて気分がよい。小集落が点々とあるだけで静かな道だ。「軍団の草地《ラシュカル・ガース》」という古くからの宿営地（恐らくは古代からの）少し手前の緑地に温泉があった。先年は寒すぎたのでそのまま通過したが、今年は最初からそのつもりで来た。「たたえ」は十人くらいは楽に入れる程の大きさで、しかも深い。温度は三十度くらいの澄み切った明礬泉と見た。一週間ぶりに頭髪も洗い、実にさっぱりした。対岸の山々始め、大空間を眼前にした野天の湯、こんな贅沢があってよいのか。近石、曾根両氏とそんなことを語り合って、再び先を急いだ。さすがにコイ・コルディの大平原へは夕暮れ時にやっと到着。

八月十五日、奇しくも第二次世界大戦終結の日に念願のカランバール峠を越えることになった。私は土地の少年が引いて来た馬に乗ることにした。木造の乗りにくい鞍だったが、歩くよりははるかに速い。私にとってここからが未踏の地。草のまばらな大高原をどんどん上って行く。穏やかな傾斜で、行けば行くほど視界が広がる。チトラール領のどん詰りにこんな大きな平原が続いているとは驚きだ。

数時間進むと前方の大岩の上に、かなり大きなしっかりとしたケルンが建ててあるのが見える。もう峠なのだ。数百頭のヤクの群が草を食んでいる。八月十五日正午、カランバール峠（四三四三米）に私は到着した。

(四) カランバール谷の下降

「カランバール峠を以てカラコルムとヒンドゥ・クシュ山脈の境とする」というのが、前世紀以来の地理学上の定説である。この地域は十八世紀頃から政治的には、ロシア帝国の南下政策とそれを阻止しようとするイギリス・インド帝国とが激しくぶつかり合った所である。その二大勢力が直接対決を回避して妥協した結果産まれたのが、現在のパキスタン北部山岳地帯とロシアの間に割り込むような妙な形で（よく盲腸の形にたとえられる）、オクサス河を中心に国境が策定されたアフガンのワハン谷一帯である。

「グレート・ゲーム」と称される前世紀からの華々しい中央アジアの探検は、こうした政治的、軍事的必要に拍車をかけられた側面を持つ。地道で正確な路線調査を行い、地図の空白部を埋めるための各種の情報を得ようと、英露とも選り抜きの人物を派遣している。

日本人によるこの地域のパイオニアとしては昭和三十年代の京都大探検隊（今西錦司博士ら）の分遣チーム（藤田和夫教授ら）が最初である。このチームに若き日の本多勝一が加わっていた。かつて東京赤坂で行われた拙著『辺境の星』の出版記念会に姿を現した本多氏は、その後さまざまな地域、さまざまな事件、戦場のルポを公にしたが、最も忘れ難いのが、この辺境の旅であったと述懐していた。

本多氏らのチームはギルギットを発足して、カランバール谷を溯上し、峠を目指したが、中途のカランバール氷河を踏査するに止まった。長い前置きになってしまったが、ここからが本題である。

一九九九年八月十五日、私たち一行（六名）は、峠の西側の長大なヤルフーン谷（下流はカブール川となる）を、つまりチトラール領を上って、四三四三米のカランバール峠に立った。私にとっては、コヨ・ゾム（六八七二米）登山以来、三十二年に及ぶ宿願を果たしたのであった。峠周辺は草のまばらな大平原で、一千頭近いヤクの大群と、それに匹敵する数の山羊や羊の群が放牧されていた。先年のダルコット峠（四五七二米）越えで、十頭ほどのヤクを使ったが、これ程沢山のヤクがチトラールにいようとは思ってもいなかった。チベット世界が本場の動物だからである。

峠の大きな岩の上に、これも大きなしっかりとしたケルンが建っている。恐らく測量の基準点とした個所に違いない。これまで辿って来たヤルフーンの源流を振り返ると、かつて死力を尽くして挑んだコヨ・ゾム山群が碧空の下に白い頂きを聳立させている。登山ルートが指摘できる程はっきりと見える。M・スタインの大著に丁度ここから撮った、その頃の唯一のコヨ・ゾムの写真がある。そのことを思い出して、私も何枚か写真を撮った。

峠のすぐ西側に、中央アジア探検史上知る人ぞ知るカランバール湖（ゾーエ・サール）がある。周辺の雪の山々の影を映して実に美しい。周囲七、八キロはあろうかと思われる大きな高山湖だ。その湖尻の東南端から小さな川が流れ出して下方の谷へ注ぐ。カランバール谷の、ここが水源だ。

湖岸西の草地に幕営するが、峠に着いたのが丁度正午で、珍しくたっぷり時間のゆとりがある。私はここまで大切に持ち歩いて来た赤葡萄酒を夕食前に取り出した。スイス在住の新アララギ会員の尾部論、森良子夫妻が送ってくれたものだ。酒好きは味は勿論のこと、時、場所、つまりはその場の雰囲気を大事にするものだ。そこに酒さえあれば良いというものでもない。今この海抜四三〇〇米ほどの高さにある高山湖のほとりに、大の男が六人肩を並べてワインをくみ交わしている。

第二次大戦前に、というより今から百年前にインド総督のG・カーゾン、F・ヤングハズバンドさらに中ア探検家として最大の存在であったM・スタインらが、その後にはわが仮想のライバルであるR・ショーンバーグといった探検史上の大立者が次々とここへ現れ、何日か過ごしている。そうした歴史的背景を語り、眼前に夕暮の雪の山々の姿を映す湖を眺めつつ、人生至福の時を実感しながら飲むワインだ。まずかろう筈がない。満天の星空をテントの小窓から仰ぎ見て、寝袋にくるまれば「テント も御殿」なのだ。

夜中に目が覚めた。寒い。用を足しに外へ出てみると相変わらず空には満天の星。じっと天心を凝視していると、視界の思わぬ所から次々に星が流れる。時々は飛び交っていると言った方が良い状況に出くわすのだ。

現代科学の落とし子、フィールド・メッセが現在の気温マイナス二度を表示している。天幕も地表の草生も薄雪か霜かで、真白におおわれている。この程度の気温なら夜の山中では当たり前だが、この地域は夏の日中の気温は四十度以上になるので、長期間のトレッキングでは体調を崩す者が多い。高度馴化のうまくいかない人もいる。幸いなるかな、私はこの二つの障害になやまされたことは、このチトラールへ入ること十五シーズンになるが、一度としてない。石巻の漁師として若い頃はカムチャッカへ鮭漁にも行ったという祖父の頑丈なDNAに感謝しよう。

翌日から五日間にわたるカランバール谷の下降が始まった。たっぷり四時間もかかったチャテボイ氷河の横断。足首が痛くなるほど続く一枚岩のトラバース、すぐ下は氷河生まれの奔流が岩を巻き込んで轟く。この流れに沿って行きつく所は、かつての仏教の一中心地ギルギットだ。パミール越えした求法僧の多くは、今われわれの経験している嶮峻な山谷を辿って、インドの平原へ出た。五世紀の法顕は往路もう少し東のミンタカ峠辺りを越えた。七世紀の玄奘は多分、旅の安全を考慮してか、西のアフガンと中央アジアを結ぶルートで往復した。こうした求法僧が単独で行動することは考えられない。強力なキャラバンに加わるか、秀れた案内者を雇うか、ともかく周到な準備をして行動した筈だ。例えば玄奘が、旅の始めに、高昌国王から数年間の旅の資金を得たように。

パド・スワートの村の手前では橋が流失していた。迎えのジープが二台対岸に待っているのが見える。しかし、滝のように東から流入する谷の水勢が激しい。川の中に、四、五ヶ所ほど岩の露出している所を足場にすると、何とか渉れそうだ。だが、飛び損ねると命は無い。緑の楽園を目前にして、一日停滞。水かさの減るのを待つ。そして翌朝、何とか全員が無事に徒渉し得た。旅は終わったのだ。バブーが言った。「いい旅でした。さて、この次はどこへ行きましょうか」と。

（完）

『琅玕』の歌と人　来嶋靖生

ヒマラヤ登山家であり歌人である雁部貞夫の存在を知ったのは、それほど遠い昔ではない。迂闊なことだが歌集『崑崙行』を読んでからである。その時の感動は一口には言えぬものがあった。ある雑誌で「隠れた名歌集について」という企画があった時、私は躊躇わず『崑崙行』を挙げた。その後作者とは何かの会で対面し、宮地伸一さんに縁のある「アララギ」の人、ということを知った。

『琅玕』のポイントとして、私は三つの柱を考える。一つは「アララギ」および短歌への思い、二は作者を取り巻く人々への思い。三には山、とくにヒマラヤへの思い、である。以下順を追って述べて行く。

新しきものの湧きくる力あり阿羅々木創刊号の薄き
冊子に

つづまりは廃刊も私心のなせるわざよく見よ左千夫

の創刊の言葉

残業の吾を待ちゐて伴ひきある時は雪降る夜の酒場に　（樋口賢治氏を憶ふ）

「品がない」と彼の者を一言で切つて捨つ亀裂の見えぬ頃のことなり　（落合京太郎先生）

芥残る床より灰皿拾ひ上ぐ荒井孝氏日々に使ひゐしもの　（アララギ発行所終焉）

一　作者は十代で「アララギ」に入ったという。当然のことながら自分の拠る雑誌への愛着は一通りのものではない。創刊号を手にした時の感激、心を寄せる先輩の言葉や文章、それを一つ一つ心に深く刻み付けて行く。それだけ志高く、思いが深いということだ。とりわけ「アララギ」廃刊前後の歌に注目する。率直に、かなり思い切った感情を吐露している。こんなに言っては差し障りがあるのでは、と思うようなことも臆せずに言う。さすがヒマラヤ相手に培ってきた感性がある。

二　右に挙げた歌にも顕れているが、作者は師や先輩への敬意や印象を心をこめて詠んでいる。人とのつながりを尊重するのは生まれついての性分かも知れない。

茅ケ岳にみまかりて二十七年かあたかもアララギ終刊の年　（九山忌）

熊谷と俺を残して逝つたかと香手向けたり雪降る中に　（吉田正俊氏）

空穂さんより茂吉が好きだとささやきぬ早稲田の教師のタブーと言ひて　（伊地知鉄男先生）

妻得たる山陽に宛てし細香女史のラヴレター見せつつ一言「女はこはい」　（森銑三先生）

右の歌、「九山」はいうまでもなく作者の師深田久彌。吉田正俊、落合京太郎、いずれも「アララギ」の大先輩。こういう先輩の片言隻句が作者の歌心の糧になっているのだ。伊地知鉄男は当時早稲田大学教授、古文書学の権威。窪田章一郎とは同期の筈、この歌のスリリングな感じは私にはよくわかる。森銑三は書誌学の大家、この碩学に学ぶ幸いを作者は得たのだ。細香は江馬細香。江戸期の漢詩人。山陽の恋人と言われる。これらの歌、それぞれ恩師先輩の特色を巧みに捉え、いずれにも微妙な、時にユーモラスな味がただよう。

深田先生亡き後のヒマラヤの生き字引君も逝きたり未完のノート残して　（諏訪多栄蔵氏逝く）

新しき地図出でむ日を待ちまちし広島三朗も原田達也もヒマラヤに逝く

君は無頼派われはヒマラヤのアウトロー飲むより他に能なき我等

マスードの率ゐし騎馬兵約二百狭霧の中を去りて行

きしか

右は山仲間をめぐる歌。数が多いのでここには四首だけを掲げる。酒も含めての豪快な愉しい交友と、一方その陰に流れる悲しみも伝わってくる。とくに四首目は戦争の犠牲になった現地の友を詠み、感は尽きない。このほか人間の歌では母の死が見過ごせない。

ほととぎす二声三声鳴きて止む月おぼろなる七月の野に

三　何といっても圧巻はヒマラヤ、カランバール峠越え五十四首の一連である。峠とはいうものの標高四三四三メートルの高地。ヒンドゥ・クシュ山脈とカラコルム山脈の境に位置する。コヨ・ゾム、イシュペル・ドーム、フラッテロ・ゾムなど六〇〇〇メートル級の高峰を望みながらの山行。巻末に紀行文も収められている。私はヒマラヤの地図と首っ引きで歌と紀行とを追って行った。作者をリーダーとして平均年齢五十七歳という一行六人、高度三〇〇〇メートル以上の山地や大平原を歩き、四三四三メートルの峠に達し、さらにギルギットへ下降するまで、想像を越えるスリルにみちた難行程との戦いの記録である。全部は引用できないので一部分のみを掲げる。

限りなく静かに霜の朝明けてヤクは草食む霜を蹴りつつ

氷蝕の谷踏み越えて幾時か吾が乗るヤクの歩みひたすら

揺れ止まぬ鉄索一条河に懸く我が身託さむ籠の渡しに

素材そのものの迫力もさることながら、作者の一貫して冷静な態度に驚く。河岸に張り出した岩場のトラバース、水に浸りながらの沢登り。登りはもとよりだが下降路(五日間)はさらに難しい。四時間もかかる氷河の横断、眼下に奔流逆巻く上を岩から岩へ飛び移る。

懸崖の一枚岩を匍匐せり西域求法の僧さながらに

岩の刻み目見失ふなと友に言ふ半ばは己れに言ひ聞かせつつ

滝のごと水泡湧き立つ徒渉点飛び移るべき岩は四箇所

ひたすらにたぎちの岩を飛び移る無念無想と胸に唱へて

作者はこのヒンドゥ・クシュのチトラール地方に入ること十五シーズンという。現地を知悉しているとはいえ、相手は大自然、命を懸けての山行であった。おそらく日本の歌人でこれだけのヒマラヤ登山行を果たした人はまずいない。過去、この作者が詠み続けてきた歌すべてを含めて、史上初めての成果である。もちろん、これでヒマラヤがすべて描き尽くされたわけではない。が、ここに確実に一歌人によるヒマラヤ登高短歌作品群の存在が明示されたことは疑いない。短歌の歴史の上で記録に留めるべき壮挙である。

　歌風について一言する。作者はアララギの写生・写実によって育った。伝統的な手法を疑わず、己れの信ずる歌を詠み続けてきた。が、この歌集は今までのこの作者の歌にさらなる幅と奥行をもたらした。言葉では言えない何かが加わった、と私は思う。いま短歌の世界にはさまざまな理論や方法が行なわれ、騒然たる状況を見せている。が、作者はそれら世上の流行には一顧をも与えず、己れの信ずる道のみを歩み、貫いてきた。私はこの『琅玕』を読んで、あらためて近代短歌における「アララギ」の歴史とその重量とを思った。また大自然の大きさをあらためて思った。その大きな自然に人間が立ち向かうとすれば、それは自然を敬い、人を愛し、自らを信じ、誠実に心を形にして行くことが最上の結果を生む、ということではないか。その証しとなる佳吟をさらに添えて、結びとする。

　霧の谷にしばし浮べるブロッケン吾が手挙ぐれば影
　　の応ふる

宮地氏は歌よみ善人説深田氏は山男善人説ともに肯
　はむわれの師なれば

かかる時「お前ほど優しき者は無し《オン・ブラ・マイ・フ》」と歌ひたし声
　を励まし山に向ひて

あとがき

この歌集『琅玕』は『崑崙行』(平成元年)、『辺境の星』(平成八年)に次ぐ、私の第三歌集であり、平成九年から十三年に至る作品五百十七首を収めた。概ね発表年代順に配列したが、製作年代とは若干のずれがある。大部分は所属する歌誌「新アララギ」に発表したものだが、「短歌現代」、「短歌」その他に発表したものも、かなり多い。

　昨年、私は自選歌集『氷河小吟』(新現代歌人叢書・9)を出版したばかりであるが、その歌集の「あとがき」の中で、近く新しい歌集『琅玕』を上梓する予定があると筆をすべらせたこともあって、予定よりも大分はやく、出版することとなった。

『琅玕』という語は古代中国で愛好された、濃い緑と青の玉石の称である。殆ど翡翠の最良の色に似ている。この最良の玉石を採掘する、ビルマとの国境地帯の鉱山を「老坑《ロウカン》」と呼び「琅玕」の字音に通わせたようだ。

本書の始まりの部分は「アララギ」終刊の時期に当たり、私も含めて多くのアララギ会員が、その去就をめぐって動揺した時期であった。後継誌も現われぬ最悪の事態に立ち至った時には、小さな同人誌を作ろうと、私は数人の仲間と語り合ったこともある。その同人誌に仮称したのが、少年の日に愛読した『即興詩人』（森鷗外訳）の中に出てくるカプリ島の「琅玕洞」であった。

その後程なく「新アララギ」が誕生して、私の「琅玕」は幸か不幸か不発に終わった。

この歌集には、その動揺を反映した作品も多く、必ずしも「琅玕」の澄明な色彩を持つ作品集とは言いがたいかも知れない。しかし、歌の世界に関わって行こうとすれば、この不幸で愉しからざる事態をも詠まざるを得ないというのが現実なのである。

「琅玕」については、もう一つ書くべきことがある。歌集のⅢ部に収めた「カランバール峠越え」の踏査行でも大きな氷河を横断した。氷河には無数のクレヴァス（裂け目）があり、その裂け目を何度も跳び越えた。跳ぶ一瞬、わが目に映ずるのは、クレヴァスの断面や深い底に輝く名状しがたい「琅玕」にも似た美しい輝きである。命を分ける瞬間に見る「琅玕」の色彩、それはいくらか現実ばなれしたところもある私の歌集の題名には相応しいと言えるのかも知れない。

この歌集のために、来嶋靖生氏（「槻の木」発行人）が跋文「『琅玕』の歌と人」を執筆して下さった。これまでに多くの歌集で「山」の歌を詠み、『歌人の山』（作品社刊）という本を著わすなど無類の山好きとして知られる歌人である。日本の「山」を熟知する来嶋氏によって、本書の特徴は適確に論じられている。

大きな視野に立って、氏は私の自覚していない歌風の特徴やその意義についても新しく光を当てて下さった。作者である私にとって、何よりも喜びとするところであり、来嶋氏に対し大いなる感謝を捧げる次第である。

本書のⅢ部に収めた「カランバール峠越え」は一九九九年に行われた旅の成果である。

西のチトラールから歩を進め、峠を越えて東のギルギットへ至る長大なルートは、大自然の持つ過酷さと豊かさの両面を体験できる素晴らしいコースである。

今年になって、パキスタン政府は、この地域への外国人の立ち入りを全面的に禁止した。ビン・ラディンらアルカイダの動向が、この僻遠の地にまで影響を及ぼしているのである。

われわれの旅を何シーズンも支えてくれたバブー・モハメッドら多くのチトラール衆の健在を願うこと切なるものがある。

この度も、これまでの歌集と同様に短歌新聞社社長の石黒清介氏と同社の今泉洋子氏に格別のご配慮をたまわり、本書の制作が極めて順調に進行した。深く感謝申上げる次第である。

校正には、新アララギの仲間である伊倉邦子さんの助力を得た。また、装画は妻の輝子が工夫してくれた。有りがたいことである。

なお、本書は多年にわたるパキスタン辺境行に、物心両面から多大の協力をしてくれた亡き父と母に捧げたいと思う。

私も数年後には古稀の年を迎える。もう危ない所へは行くな、という友人たちの声が聞えるが、平坦無事な人生など有りえないというのが、私のいつもの言い訳の台詞《せりふ》である。

ところで、パキスタン北部山地で最も高い峠にチリンジ峠（五二九一メートル）がある。カランバール峠の東二〇キロ程にあるこの氷雪の峠をわが妻を伴って越えたいというのが、数年後の夢である。カラコルムとヒンドゥ・クシュの大パノラマを眼前にして「生命の水《オード・ヴィ》」を飲み乾したいと願っている。

平成十八年八月十八日
盛夏の北会津にて記す。

雁部　貞夫

ゼウスの左足

（抄）

落合京太郎先生に本書を捧ぐ。

レンズの向うの世界《イル・ミラ・モンド》

チベットに日本に君は何追ひし「レンズの向うの世界《イル・ミラ・モンド》」探りて

三十年ぶりに見る*マライニ氏の赤ら顔ビデオに語る日本恋ふると

*著述家。イタリアの探検、登山家であり、親日家。

九十歳越えて健やかなるマライニ氏日本学をイタリアに立つ

「チトラルハ未踏ノ山ノ宝庫デス」吾が生涯の指針の言葉

イタリアの赤鬼ですと日本酒もワインも乾せり深田久彌と炬燵囲みて

襤褸の中に健気な微笑を堪へゐき戦後日本の少年少女

黒白の写真美しナッツ・ラ峠を越えゆく王女の素顔捉へて

イタリアは貧しき国と誰が言ひしシャンパンも生ハムも豪勢に出づ

君の住むフィレンツェへ今日の喜び伝へゐむコンピューターの助けを借りて

君の恩に酬いむ「F・マライニ足跡図」吾が描きしを掲げてありぬ

北京、蘇州数日

女帝ありき乗馬厭ひて北京より蘇州へ通ずる運河掘らせき

道の辺に菱売る媼一人ゐて吾が掌に乗するその実数粒

友誼商店と言へども売る画は複製か「不要不要《プーヤオプーヤオ》」と素通りしたり

吾を招く如くに天目の酒盃一つ何故廉きか宋の世のもの

小さきもの麗はしと書きしは平安朝の女《をみな》にて吾は価の廉きを愛す

杭州に夏の朝あさ愛でましし朱の蓮か千万《ちよろづ》と咲く

思ひがけず妻と旅して江南の西湖のほとりに蓮の朱愛づ

西冷印社に石得て子の名を刻ましむ西湖に来たる今日のしるしに

雲南の煙草と手漉きの紙を得て午後の茶室にしばし妻待つ

蟋蟀《こほろぎ》を闘はしめて千金を積めるか人は飽くこともなく

人々のたかぶる気配感じとり激しく相搏つ虫と言へども

闘争本能乏しき此奴は駄目な奴箸につまみて老爺うそぶく

「爆竹を禁ずるお達し味気なし」劉さん嘆く春節前夜の王府井《ワンフーチン》に

爆竹は鳴らねどネオンは旺んなり東安門大街に屋台連ねて

大釜のたぎる油に放り込み蛇も蠍も意外にうまし

わが本のカタログも壁に貼りてあり王府井の外文書店に

何聞きても「没有没有《メイヨーメイヨー》」と言はれし十年前地図取り揃へ今日待ち呉るる

遭難、堀田弘司氏逝く*

鹿島槍の赤岩尾根に落命す六十六歳山案内《ガイド》の君は

*R・C・CⅡの先輩、登山用具店主（三首）

K2にナンガに今日は鹿島槍山行く者の命は哀し

戯れに誰が作りし刷り物か酒豪番付の君は大関われは小結

「己が生確かめむとして山に来つ」亡き友の日記帰りぬかの氷河より

広島三朗君四首

終の日に記せる一行痛々し七日後成田に妻に会はむと

温暖化は氷河地帯へ及べるかメールは伝ふ友らの遺体出でしと

K2に近くこごしきかの氷河永遠の臥し所と思ひゐたるに

ゼウスの左足

カブールに見しは三十五年前「ゼウスの左足」をこの東京に又も見むとは

ゼウス神の身の丈およそ九尺か残りし御足の大きさを見よ

二千年前の土にも触れしめしモタメディ館長死せり内戦半ばのカブールの街に

路の辺の古物の店に得し小石ギリシア先哲の面影刻す

ヒンドゥ・クシュの麓の町に得しひとつ今も机上にバッカスの神

「古拙の微笑《アルカイック・スマイル》」を授業に説きしかの教授アフガンの仏に触るるなかりき

アイ・ハヌムの跡より出でし女神像ほほゑむ唇に朱の残れり

北京厳冬

裸木に残るは烏鵲の古き巣か凍れる道を景山目指す

景山に見下ろす故宮の黄の甍しばし輝く大き落暉に

玉《ぎよく》の如き眼《がん》持つ端渓愛すべし妻へ贈らむ良き画描けよ

汲古閣の手すきの紙に目を凝らす今日の疲れはよき疲れなり

大皿に積みし水餃《スイコウ》六十箇妻と食らへど半ばにて止む

為政者へ示威の一つか天壇に待業者群れて軍歌を歌ふ

天壇の長廊占めて歌起る「草原情歌」の余韻嫋々

手風琴弾きて女がリードする嗚呼この国も女が強し

朔北悲歌、関口磐夫君逝く

故里を共に会津とする故か心通ひき一つザイルに

「ダルコットの峠に再び立ち得るや」電話の声は少し酔ひゐき

わがために訳し呉れたるバイロンの「紀行」残して君は今なし

四千メートルのテントに過ごしし十日間或る夜は語りき幼き恋を

同じ少女に幼き恋を争ひき坊主頭の高校生にて

病みあとの体励まし登りしか氷河辿りて雪の峠へ

峠へとわれら導く光なりき酒酔ひ星のあかき光は

中央アジアの三つの峠にわれと立つ君晩年の姿雄々しく

エレミア哀歌

進み出でてザビエーの御骨拝したり龕の内なる微かなるもの

ザビエーを称へて聖歌の起るときアンジローを思ふ師をジパングへ導きし人

「魂の救済」を流氓アンジローも願ひしかザビエーとマラッカに出会ひしときに

落合京太郎先生

ザビエーとアンジロー出会ひし「会堂」を訪ねき君の本をたよりに

タンジョン・クリンの宿に手紙を書きつぎぬ「聖体発掘」の跡を訪ねし日のたかぶりに

ある時の君の言葉が蘇る「アンジローを小説に書いて見ぬか」と

傍らの妻に問ふ羅甸《らてん》語二つ三つ解し得たりや伊東マンショも千々石ミゲルも

君まさば共に来にけむカテドラル「エレミア哀歌」の清しく響く

少年久彌

少年久彌泳ぎし海ぞ片野浜砂は山砂黄の色帯びて

三省学舎に万葉集を論じゐし若き久彌と吉田正俊

碑に向きて「今日あるは君らのお陰」と泪せし柴生田稔は純粋の人

天明より続く家系図示し言ふ子福者の血筋と彌之介老は

遠く来て越前香箱に腹満たす今宵荒ぶる海のほとりに

氷河往還（1）　二〇〇三年前人未踏のチアンタール氷河を縦断す

外務省の危険情報に絶句せり「パキスタン国境地域より退避せよ」とは

来て見れば何事もなしバザールに人群れて車は右往左往す

ヒマラヤの国々危険と断じなば惨たらしき犯罪多発の日本は如何に

「日本の登山隊はこの夏初めて」とボーイは嘆く山のホテルに

チトラール太守の末裔豪気なり水力発電に村に新しき光もたらす

供されし柘榴《ざくろ》のジュースに滴《したた》らす「生命の水」かこのコニャックは
茶店《チャイハナ》に吾が名を呼べる鬚の翁ああ三十八年前の案内人《ガイド》セイド青年
ともどもに六十越えてオアシスの村に遇ふ白髪ゆたかになりしこの友
この牧地がラグ・シュールと告ぐる少年よ印度副王カーゾン卿の本に知りし名
馬にのりヤルクン河を下るカーゾン卿の写真あり対露防衛線を想定せしか
鞭を強く当てても馬は動かぬと老いし御者言ふ手綱さばきて
花柄を緻密に織りしパミールの手袋一双誰に贈らむ

氷河の空に光る火の星《マルス》を見上げたり月のかたへに寄りそふごとし

大き岩に身をのべ祈る案内人《ガイド》ラル見つつしばらく己つつまし

明日よりは氷河へ入らむ吾ら三人《みたり》夕餉の卓にコニャック一献

三十キロの荷を負ひ進むこの氷河蝸牛の如き歩みなれども

雨飾山遠望

「百名山」に君の作りし功と罪小谷《をたり》の湯近く道渋滞す

愛すべき「耳二つ」持つ雨飾山谷をへだてて遠く見るのみ

伴ひし人の名秘めし登山記を読めば思ほゆかの賢夫人

恋を得し喜び自づと滲《にじ》み出づ雨に籠りし湯の宿の章

「ヒマラヤは恋しき人の胸に似る」と言ひし日の君いまの吾よりも若し

「ヒマラヤの胸の谷間に入りて来よ」酔ひて揶揄せし夜もありしか

未だ名を持たざる六千メートルの山いくつ氷河の奥にわれらを待つと

月の夜のこの道どこ迄も歩みたし雲は湧き立つ雪嶺《ヒマール》に似て

氷河往還（2）

濁りたる大河を容れてなほ澄めりアレキサンドロスも見しこのインダスは

インダスの広き流れにひるむなく筏こぎ来る少年ふたり

山へ入らむ心何故弾まぬか靴ひも強く締め直したり

危ふげに岩積む傾りに眼を凝らす氷河へ続く踏跡なきや

がつしりと氷とらふる脚が欲しクレバス一つ辛うじて跳ぶ

蠍座に光るくれなゐの星ひとつ氷河の上のわれら導く

北落師門《フォーマルハウト》空のいづこと友問へど南魚座に薄雲かかる

重き荷にあへぎ続けしこの三日山は神さぶ氷河の果てに

ヤルフンの水音はげしき桟道に妻の手を引く息ととのへて

峡の門《と》に架かれる橋に手すりなし揺るるなかれよ渡り切るまで

水たぎる谷底見るな前を見よこの掛け橋の真中を進め

逞しき栗毛選びて連れ来たり六十五歳の体いとへと

日灼けせる国境警備の若き兵今日は非番と鶏の羽むしる

草乏しきコイ・コルディの高原に犛牛《ヤク》行き馬行き山羊の大群

まばらなる草生の上にテント建て葉巻一本ゆつくりと喫ふ

携へし葉巻一本惜しみ喫ふ山も氷河も黄昏《たそが》るるとき

体力を温存せむと馬にのる若くはあらねど賢き馬に

我ののる馬は巧みに道ひろふこの懸崖の岩を避けつつ

出湯あり体も髪も清めたり雪山映す豊かなる湯に

湯にひたり快哉叫ぶ傍らに馬はおとなし草を食みゐて

山端《やまはな》を巡り近づく妻の影われのエールに杖上げ応ふ

唐の代に軍馬休めし宿営地草ゆたかなり雪山の間に

鞭当ててこの高原《たかはら》に速駈《ギャロップ》す極まる快に身をゆだねつつ

漢の武帝の探し求めし汗血馬わがのるは裔か疲れを見せず

ソグド文字

南はるかに法顕越えし「白き山《サフェド・コー》」ふもとに潜むか鬚の戦士ら

テロルの世紀に入りしと言へど出会ふ者稀なりインダス河源を行けば

インダスの崖に刻める仏幾千ソグドの商人奉献のもの

捨身行の本生譚《ジャータカ》刻みし大き岩われに読み得ぬソグドの文字は

鮮やかに菩薩の姿をとどめたり己が脾肉を鷹に与ふる場面

死語たりしソグドの文字を読み解きし人あり日本の学者にあらず

灼熱の坩堝《るつぼ》の如き谷の底仏撮らむと呼吸《いき》はかりゐる

アレキサンドロスの故智に倣ひしカニシカ王金貨に己が肖像《すがた》とどめき

仏陀刻みし裏にカニシカの姿ある金貨一枚カブールに得つ

カニシカ金貨蒐めて友は財成しき登山史にその名止めし後に

有翼の童子、木村貞造翁を憶ふ

堀賢雄二十三歳にて書き残す亀茲疏勒于闐《うてん》の旅日記これ

東博にわが見る舎利器はクチャ出土「金箔もて全面飾る」と記す百年前に

有翼の童子を描きし密陀絵を得しは子規子の逝きし翌年

西域の遺宝を東博へ納めしこの翁銀座通りのビル経営者

大谷隊将来の最優美品と翁語りき木乃伊《ミイラ》収めてありし舎利器は

わが妻が賀状に彫りし童子像人は知らじな舎利器の絵とは

百万金積みて購ひ得ぬスタインの大著広げきかの楼上に

西域の遺宝蒐めしいきさつを記さず語らず逝きたまひたり

眼つむればバーミヤン大仏浮かびくる青き月夜に見し釈迦牟尼が

「破壊されし残土に仏を復原か」愚かな企てにうごめく輩《やから》

氷河往還（3）

われら三人《みたり》今日より氷河へ入りゆかむ磨ぎし氷斧の光鮮《あた》らし

突角凹角チムニーもあり大き岩にしばし試む登攀の技を

錆びつきし技もいくらかほぐるるか我が背負ふ荷の今日軽ければ

この十年君と氷河を三度越え四度目の今年君癌に逝く

石を積みわが弟の骨収む「希望のケルン」と地図に記して

わが骨も氷河のほとりに埋むべし夜半には星が見守りくれむ

夜半覚めてテントのロープを張り直す停滞三日雪降りやまず

雪と雨したたか降りしこの三日今朝は晴るるか谷に霧立つ

閉ざされし雪の三日に食ひしものリゾットに餅血のソーセージ

霧の上に雪の山々見え渡り今し氷河に一歩をしるす

山の如き荷を負ひ友は氷河ゆく赫きバンダナきりりと締めて

バンダナは白髪かくすものならず氷斧に結び頂上に置け

土砂しるき氷河の真中を踏み行かむ雪も少なくクレバスもなし

しんとせる真夜の氷河に一人立つ空は漆黒星真砂なす

歳々に氷河の後退しるくして氷露はに積雪とぼし

かの夏は日蔭作りし氷河卓あはれ潰えて岩のみ残す

腰を下ろさば再び立ち得ぬ重き荷を岩に倚らしめ肩休めたり

刻々と現れわたる雪の峰地図に大方その名記さず

蒼氷砕きて含めば昼食の「カロリーメイト」がのど通りゆく

少しづつテント進めて四日目か蒼き氷河の源頭に立つ

眼の前に大き氷壁そそり立ち青き空には飛ぶ鳥もなし

高距二千メートルひと触れざりし蒼き氷われら黙して仰ぎ見るのみ

歌と写真と、岸哲男氏逝く

岸哲男氏九十三にてみまかりし記事挟みあり二年前の手帳に

文明先生自筆の名刺携へき君の新聞社の記者志望して

ただ一度会ひたる君は眼鋭き記者にして憲吉先生を止まず語りき

面接官しきりに靖国のことを問ひき会津の裔の吾と知りてか

アララギの恩を忘れぬためと言ひ秘かに歌を詠み継ぎましぬ

槙有恒を称へて編みし『マナスル』を送りくれたり死の十日前

「我が墓に雨降る夜半もあるべし」と詠みたまひしか今日梅雨に入る

エヴェレストの石

エヴェレストの石を呉れたる媼あり奥山章*の若き日知ると

*アルプスの登攀家、のち自死す

断面は石灰岩のごとき白づしりと重し至高の石は

この石を机辺に愛でし君なるか末期の癌に苦しむ日々に

「エヴェレストに登れ」とアジりし夜ありき若さが欲しとつぶやきてゐき

迫り来し死の重圧に命絶つ山の勇者と人は言へども

撮影機手にしてマッターホルンの北壁を登り切りしよその若き日に

北壁に伴ひたるは蜂《すがる》の如き処女《をとめ》なりき三十五年はたちまち過ぎて

今井通子氏

肝つ玉母さんの如く変身し今日も語るか山の生と死

于闐の玉、落合京太郎先生

西域の土産は緑の石一つ微笑み問ひき「于闐《うてん》に出でし玉《ぎよく》か」と

崑崙のユルン・カッシュの夜光杯こよひは手にす君偲びつつ

いにしへの貴顕の愛でし佩玉か緑の石に鳥刻みたり

九竅《きうけう》に玉ことごとく塡《つ》めしめき魂の復活を人は願ひて
「白珠を死者に含ます」古き習ひ現に伝ふソグドの裔は
生れし者には銭握らせて祝福すシルクロードの商人の裔
「桯《テイ》」の字に「ムロノキ」と注する辞書あれど告げむすべなし君在さねば

楼蘭の丘

「死者の町《ネクロポール》」と人々恐れし楼蘭の墓曠の丘に太柱立つ
立ち枯れし胡楊の大樹おびただし楼蘭王国栄えし跡に

厚き板の内なる木乃伊《ミイラ》は彫り深く若き女ぞ羽飾りして

麻黄にて覆ひし一体媼にて胸には飾る崑崙の玉

小河墓《せうがぼ》の遺跡見つけしはフォルケ・ベリマン若く逝きたりヘディンの弟子

春来れば吹き荒《すさ》ぶといふ「黄色い嵐《サディク・ブラン》」沙中になべてを覆ひつくしき

砂漠化の始まりてより幾千年CGは再現す緑したたるタクラマカンを

「君はきつと楼蘭へ行くことだらう」落合先生の予言果さず吾が齢《よはひ》過ぐ

ザビエーの書簡

一度は行かむと思ひし澳門《マカオ》の町鳩食ふ慣ひの今に続くか

本読みてのどかに四、五日過ごさむか海のほとりのベラ・ヴィスタにて

澳門より島々つなぐ長き橋成りて幾年未だ行き得ず

人殺めて南海はるかに遁れたるアンジローは帰朝す聖ザビエー連れて

アンジローと出会ひしザビエーの羅馬《ローマ》宛て第一報「日本人は新発見なれど最も知識欲あり」

布教二年余ザビエーは「日本語難《かた》し」と嘆く故郷への文に

澳門より四十海里の上川島《サンシャントウ》支那の布教を志しつつザビエー逝きし

『岳書縦走』成る

「西蔵図志」の古りし一枚新たなる生命《いのち》を得たり我が書飾りて

ひと月の俸給投じて購ひき今西博士旧蔵の「西蔵図志」を

支払ひは何時にてもよしと君言ひき出世払ひといふことありと

磨り減りし「鉄斎翁墨」を今日も磨る我が書求めし御名を記さむ

みどり濃き見返しの紙に墨をおく御名いく度かわが唱へつつ

幾十人かその名書き終へ一服す比叡の見ゆる君が社屋に

洛北にワイン酌み合ふこの十人ヒマラヤにそれぞれ故里《ハイマート》を持つ

SMOKE《スモーク》

「SMOKE《スモーク》」はニューヨーク三番街の物語タバコ屋舞台に人生描く

秘めおきし葉巻水漬く一場面あな勿体なハバナの葉巻

毒抜きて無味乾燥の世となるか酒と莨は無頼派の華

莨くはへしボギーに抱かれしバーグマン恍惚のさま演技か否か

オアシスの木蔭に憩ふ昼下り水煙草ありああこの至福

管吸へば瓢《ふくべ》ごぼごぼ音立つる旅のさなかの水煙草よし

檻の如き喫煙所などここになしオアシスの空は広大無辺

文明先生喫ひゐし葉巻はマニラ産良き香を嗅げり少年われは

薩摩・甑島行

1 薩摩へ入る

「鹿児島は異国《とつくに》よりも遠き国」会津生まれの父口癖に

都城を過ぎて薩摩へ入らむとすうからら知らぬ国の境へ

煙草喫《の》み吾に親しき名なれども国分に莨の畑多からず

弾丸《たま》の跡しるきを示し鹿児島の友は導く西郷ゆかりの窟へ

幼き日ひたすら読みし伊藤痴遊の『南州伝』よからうと首はねさせし最期の場面

この旅は物見遊山の旅ならずヒマラヤに果てし友らの三十七年忌なり

2　甑島へ

串木野より海上八里なぎ渡り友の墓ある島へ近づく

里、江石、平良、藺牟田に青瀬など島の港は良き名を持てり

この島に一人残りし兄君の待ちゐて導く友の御墓へ

酒一盞注ぎて君の墓の前三十七年のすぎゆき速し

「ヒマラヤに死せり」と刻す墓碑の前かのビヴァークの夜を思ひ出づ

氷壁をトラヴァースする写真あり氷斧振ふ友確保する吾

ビヴァークの長き一夜を共に耐へ歌ひき「旅人の夜の歌」など

零下二十度寒気きびしき一夜にて友はパイプを吾は葉巻を喫ひて耐へたり

シガレットもパイプも共に廃れつつなほし親しむ莨さまざま

琅玕の如く水澄む藺牟田の瀬戸友は語りき四十年前

君の甥守り育つる鹿の子百合この岬山に良き香たてゐる

鰯獲り因幡の港に漁船ごと売り払ひしが終の漁とぞ

波止に立ち菅笠いつまでも振りたまふこの兄君の姿忘れじ

3　再び鹿児島・城山

わが会津の少年兵よりも更に若し西南の役に仆れし少年伊知地

現役の近衛士官も多かりき西郷軍の墓碑読みゆけば

陸軍少将桐野はいささか物々し人斬り半次郎我には親し

会津兵幾たりこの人に斬られしか何故か憎めぬ半次郎どん

それ行け《チェスト》と叫びて斬り込む薩摩兵の太刀風すごしと「田原坂戦記」に

幕末の修羅場を生きし会津の官兵衛と薩摩の半次郎ともに戦死す西南の役に

浴衣姿の少女ら社に集ひ来る今宵は「西南の役」の御霊祭か

以上　二三八首

解説『ゼウスの左足』

葉巻の香り　三枝昂之

月に一度、日本歌人クラブで雁部氏と一緒になる。幹事として内にはいってみると、この組織の毎月の幹事会議案は戸惑うほどに多い。それだけに終了時の落着感は格別だが、そんな気分のままあるとき、私はたわむれ半分に雁部氏の背にまわって肩を揉む仕草をして、そして驚いた。骨組みががっちりと頑丈でぶ厚かったからで、「おお、さすがにヒマラヤの肩だ」と思わず洩らした。

　三十キロの荷を負ひ進むこの氷河蝸牛の如き歩みなれども

歌は前人未踏のチアンタール氷河を縦断したときの「氷河往還（I）」にある。「蝸牛の如き歩み」は実際に近い速度でもあろうが、読者には、視野の限り広がる大氷河のスケールを表現しているとも見える。風景を俯瞰的にイメージすれば、白一色の世界に人が小さく点じる図。大氷河に挑む雁部氏ならではの一首といえる。

三十キロもの荷を負ってそんな無辺際に挑むのは私はまっぴら御免だが、だからこそ、自分のてのひらに残る雁部氏のあの肩の分厚さを納得するのである。

短歌は人間の体温に最も近い詩型。私はそう考えているから、『ゼウスの左足』から雁部氏のいろいろな顔が見えてくる点が好ましく、かつ興味深い。まずは東京生まれながら会津の血を継いでいる雁部氏である。

　会津人の仇と父も言ひゐしか大村益次郎ゆかりの塾は素通りをせむ
　薩摩軍砲をすゑたる跡に来てああ近々と御城見下ろす
　城と砲の距離はわづかに一、二キロこの視野の中にて死せり父祖ら多くは

一首目は日田に遊んだ折の歌。会津側から見れば戊辰戦争の指揮者大村は許し難い仇。父祖からのその思いを受け継いでゆかりの塾を素通りするところが一徹者の雁部貞夫氏を思わせておもしろい。二首目三首目は鶴ヶ城を囲んだ薩摩軍の陣地に立っての歌。「ああ近々と」には、こんなに近いではないか、という嘆きと怒りが籠もっており、当時にタイムスリップして感情移入するその当事者感が微笑ましさを感じるまでに熱い。「一、二キロ」という数字もその熱さの反映である。

「未来」などアララギ系の歌人たちは仲間内の細々とした交流を歌にすることが少なくなく、私は時にうんざりする。雁部氏の今度の歌集にも組織内交友録風な作品が見られるが、自分たちを客観的に見つめる批評眼が交じる。そこが雁部氏の特徴の一つだろう。

　文明直系などと誇るは止めたまへ「精神の相続人」として吾らはあらむ

「くそつたれがくそつたれが」と怒りつつ選歌されしか落合先生

　文明先生喫ひゐし葉巻はマニラ産良き香を嗅げり少年われは

　一首目は流派や派閥意識を止めて歌の心を継ぐべし、と言っている。「土屋幕府」という斎藤茂吉の言葉も思い出されるが、かつての「アララギ」は必要以上に結社意識が強かった。歌はそういう傾向への自戒と読めばいいが、「母川回帰の魚の如くに帰り来し歌の世界も狭小極小」ともあるから、大自然と厳しく向き合った目から見ると、瑣末なことにピリピリしすぎる組織への危惧も含まれている。

　二首目は期待し、愛情も持っているからこそ怒るのであり、選歌現場を通して、落合京太郎が「精神の相続人」だったことを示している。「選歌されし落合先生」でなく、「されしか」と推測するところに、同じ立場に立った者だけに見えてくる期待と落胆とを重ねている。それは落合への敬慕でもある。

　三首目は葉巻だけでなく、それがマニラ産だったと細かいところまで示し、香りを加えたところがいい。在りし日の文明の姿が浮かび、それを見つめる雁部少年の憧れの視線も生きている。淡々と回想しながら文明のまぶしさを表現して、とても魅力的だ。こうした薄い味付けの中で敬慕の深さを示すことが出来るかどうか、表現力はそこで試される。ついでに言うと、日本歌人クラブの会議の休憩時に、雁部氏はいつも階段の踊り場で一服するために部屋を出る。戻ったときのその、ささやかな幸福感の表情もとてもいい。

　いろいろな特徴が詰まっている歌集だが、圧巻はやはり氏の本業ともいうべき「氷河往還」など、山岳詠だろう。

　未だ名を持たざる六千メートルの山いくつ氷河の奥にわれらを待つと

　危ふげに岩積む傾りに眼を凝らす氷河へ続く踏跡なきや

　がつしりと氷とらふる脚が欲しクレバス一つ辛うじて跳ぶ

　重き荷にあへぎ続けしこの三日山は神さぶ氷河の果

てに

水たぎる谷底見るな前を見よこの掛け橋の真中を進め

六千メートルの高さにして名前がない。世界の山に疎い私はまずこの事実に驚くが、名が在ろうがなかろうが、高山あれば心は踏破に傾く。一首目にはヒマラヤ級の山々に挑む山男の業に近い心を示している。二首目は登ることを拒むような難所の前で克服する術を手探りしている。その思案にリアリティを与えているのが「踏跡なきや」である。四首目は喘いで登り続けても目的の山はなお氷河の果て。その設定が近づくことの困難な崇高さを山に与え、「神さぶ」を納得させる。

踏破に挑む行為は死と隣り合わせ。三首目と五首目はそう教えている。ただし、それが歌の主題ではない。否応無い困難を困難のまま受け入れ、そして乗り越える。その現場が主題である。そのぎりぎりの現場が、「クレバス一つ辛うじて跳ぶ」という身体感を通して詠われている。

私はちょっとしたつり橋でも足がすくんで渡れないほどの高所恐怖症だから、五首目の「水たぎる谷底見るな前を見よ」だけで、恐ろしい高さに宙づりにされた身体の危機感を覚える。いくら「真中を進め」と言われても到底できない。つまりここには空恐ろしいまでに困難な現場が、「見るな、見よ、進め」という三度重ねる命令形を通して表現されており、だから迫力がある。

しかし、第一級の困難が伴うからこそ得られる感動も雁部氏はちゃんと用意している。

われら三人《みたり》今日より氷河へ入りゆかむ磨ぎし氷斧の光鮮《あた》らし

夜半覚めてテントのロープを張り直す停滞三日雪降りやまず

霧の上に雪の山々見え渡り今し氷河に一歩をしるす

一首目は他の何処でも逢うことのできない新鮮度百パーセントの光。そう思わせる。天候は人間の都合など考えない。だから天に従って三日でも四日でもじっと待つ他なく、耐えて待つから、天が許してくれて踏み出す一歩がかけがえがない。その感激が三首目の「今し」には込められている。一般の人が到底体験不可能な、スーパー山男ならではの自然との一体感、眩しさを覚える。あの骨太の肩を思い出しながら。

（「新アララキ」平成22年6月号）

「あとがき」に代えて

この歌集『ゼウスの左足』は『崑崙行』（平成元年）、『辺境の星』（平成八年）、『琅玕』（平成十八年）に次ぐ私の第四歌集である。この間に自選歌集『氷河小吟』（平成十七年）と文庫版の『崑崙行』（平成十六年）も刊行されている。全て短歌新聞社版である。

本歌集には平成十四年から平成十七年に至る四年間の作品、四百三十余首を収めた。主として所属の歌誌「新アララギ」に月々発表した作品を収録したが、他に「短歌」、「短歌現代」、「短歌研究」、「歌壇」などの各誌及びアララギ系の諸誌に掲載された作品も相当多く含まれている。

歌集の題名『ゼウスの左足』は集中の小題の一連の作品にちなむが、そのいきさつについては、若干の解説が必要であろう。

この「左足」はアフガン北部の、オクサス川（アム・ダリヤ）南岸のアヌ・ハイムの遺跡から出土したフランス調査隊による発掘品の残欠であり、その頭部やトルソなどは未発見のまま残されている。

紀元前四世期のアレキサンドロス東征以後、オリエント各地に建設された都城の一つがこのアヌ・ハイム周辺に存在していたのである。

アフガンの帝政末期のまだ平和だった時代に現地で出会った「左足」に数十年後、平成十四年の東京で再会した日の驚きは、何とも形容し難く、その時の思いを表現する言葉を知らない。

とにかく、その当時新設された東京芸術大の美術館に動乱のアフガンから、さまざまの経緯を経て東京へやって来た貴重な文化遺産の数々が、アフガンに平和な時代が戻る迄の仮りの宿として保管されることになったのである。

今回この「ゼウスの左足」の貴重な写真が関係機関から提供され、本書を飾っていただけることになったのは、私にとって望外の喜びである。

これを装幀家の岸顯樹郎氏がどのような形で活かして下さるか、胸おどる思いで待ち望んでいる。

一九六六年に始まった私のヒンドゥ・クシュ通いは、二〇〇三年のチアンタール氷河行を以って、その頂点に達した。この山域最大、最長（全長約三十三キロメートル）の氷河の前人未踏の源頭に達した踏査行の折の作品数十首を「氷河往還」として本集に収め得たことは私の喜びである。

これら一連の作品以外にも西域やヒマラヤ（広義の）関連の歌が多いことに、自分でも驚かされたが、この題材は余りアララギ的ではないのかも知れない。しかし、「現場主義」を貫いていることでは、やはりアララギ的そのものだとも言えようか。

アララギの末期、何度か西域談義を落合京太郎先生と交わす機会があった。その時、もっと日常詠を作るべきだという知友らの声を伝えると、それはわかるが、今は本当に自分で詠みたいことを詠むべきだ、君の歌は悪くはないよという答えが返って来た。

その時のことだったように思うが、一高、東大の文芸部の先輩であった深田久彌氏のことに言及して「深田さんの文章は大らかで瑞々しくていいね。われわれアララギ連中の文章は皆やせているからね。君は深田さんの文章を手本にすればいいんだ」と言われたのが、何よりも印象に残っている。

本集には、深田、落合両先生を偲ぶ歌が多いのは、多分これらの会話などの反映でもあろうか。今となっては限りなく懐かしい思い出である。ここに本歌集を落合京太郎先生に捧げる所以である。

本歌集の刊行については、角川学芸出版の山口十八良氏のご配慮に全てをゆだね、編集担当の倉持佳子氏ともどもお骨折りいただいた。また「短歌」編集長の杉岡中氏にも後押ししていただいた。装幀に格別の工夫をされた岸顯樹郎氏にも心からなる感謝の意を表したい。

さいごになったが、六十年前の中学生だった頃から今日まで、お世話になっている宮地伸一先生はじめ新アララギの諸氏、秋葉四郎氏をはじめ日本歌人クラブの諸氏に深謝して擱筆する。

平成二十一年十二月十六日

七十一回目の誕辰の日　越後村上、瀬波の湯宿にて記す

雁部　貞夫

山雨海風

（抄）

釈迦苦行像　　　　　平成十八年

釈迦像に魂入るる今日の式太鼓轟きわが身ゆるがす
鎌倉・建長寺にて

老師らの声明の声高まればわが身しばらく恍惚として

「大地震を悼みて薬湯今日はなし」典座の僧は笑ひを誘ふ

落合先生八十歳の夏なりき共に仰ぎぬ柏槇の樹々

大庫裡に暑を避け君と語らひき耶律楚材を馬乳の酒を

上等と下等に分けし末寺幾百伊豆は貧しき下国と嘆く

西域を語ればたちまち刻すぎぬ一山こめて蟬鳴きゐたり

「靄々と沈む茜」と詠みましし心を思ふ柏槇の樹下

バー・フラムボウにて

高麗の盃に今年の第一酒満たせば浮かぶ「立」のひと文字

歳々にこの盃使ひて四十年「立志」は遠し古稀の迫れば

古書の店乏しくなりし京の「百万遍」カントもヘーゲルも埃かぶりて

京洛の町いく筋か上下して妻といこふ高瀬河畔のバー・フラムボウ

「蠟涙《フラムボウ》」にヒマラヤを知るマダム居て山を語れば憂き世忘るる

水煙草

ヒマラヤに果てし友らを偲ぶ会われは辛くも命ひろひて

篠懸《チナール》の樹下に水煙草を喫ふ写真その時のわれ二十八歳

水煙草の瓢《ふくべ》のどかに音立てき夕べの光移らふ峡に

深田久彌の齢《よはひ》を越えしわれ等とぞ友に言はれてしばし愕然

久彌氏に代はりて家継ぎし彌之介老つひに身罷る九十八歳

わが宋胡録

ヒマラヤの帰途に香港廟街《ミャオガイ》さまよひぬ社会復帰は如何にせむかと

太洋《オーシャン》埠頭の夜風に吹かれ喫ひゐたりハバナの葉巻つひの一本

貧書生われにも買ひ得し宋胡録《すんころく》欧米人は色絵漁れば

明末清初の文人遺せる印数顆「抱琴軒」をわが雅印とす

側面に「天棲先生雅正」と刻みたる古印を愛す寿山の石の

串田孫一清の雅印と論じゐきその亡き今は切に読みたし

宋胡録の酒盃いくつか今もあり朝の一杯夕べ一合

虫干しを終へし漢籍帙に入る独酌独吟いざ始めむか

宋胡録のくすみし青磁に注《そそ》ぐ酒しみじみ旨し山昏れゆきて

山裾の会津盆地は灯ともし頃人恋ふる心なきにしもあらず

山の家に一人起き伏すこの三日陽水を聴くボリューム上げて

ヨウスイのその名を聞きて三十年違和感持ちき羊水かとも

陽水はこの世を怒る獅子に似て小泉某は狒々と言ふべし

ニュース見れば今日も説きゐる「愛国心」われには見ゆる偽善者めきて

崑崙の玉

和田《ホータン》はタクラマカンの西の果て媼の歌あり驚きて読む

ホータンは古の于闐国にて玉の故地媼もかの地に玉求めしや

楼蘭も于闐も立入禁止にて葱嶺の雪のみ眺めわれ帰り来ぬ

葱南先生即ち木下杢太郎の号葱嶺の南にちなむと思ひ至りぬ

葱南先生としばし記しし君を思ふ在さば崑崙の玉語らむに

落合京太郎先生

「法顕の辿りし道が目に浮かぶ」スタインの地図見て語りしはるか夏の日

むし暑き一日なれど快よし歌稿に西域行の媼を知れば

岡村寧次*の墓

*支那派遣軍総司令官、墓は原宿・長安寺にあり

岡村将軍に好意持ちゐし文明先生か「西三河通信」にしかと知りたり

北京にて岡村大将と会見せし事実を石川信雄記せり作歌ノートに

支那派遣軍の布告は昭和十九年「掠めるな辱しめるな暴行するな」と

三光作戦命じしもこの司令官殺戮掠奪焼き払ふこと

蔣介石に投降し戦犯たるを免れき邦人二百万人無事に帰国させよと

白団《パイダン》と言ふを記憶す岡村の意を受け蔣を助けし日本人軍事顧問団

中共軍の戦犯指定第一号運強く生きのびたりし岡村寧次は

岡村大将の墓見て帰ればニュース一つA級戦犯の合祀を怒る天皇のこと

葉巻の香り　　平成十九年

年頭の観音力か善き人のありて文明先生の小色紙たまふ

「三年前のマニラの葉巻」を喫ふ一首掲げて新しき年迎へたり

香港の福和煙公司に得て四十年ハバナはいまだよき香たもてり

残り少なきハバナの葉巻の封を切る古稀の近づく誕辰なれば

「黒龍」を焼酎と書きしはわれのミステェーク殿下ご愛飲とぞ友知らせくる

山の友らと飲むは楽しと宣ひて席立たざりき御子なき頃は

下谷・源空寺あたり

駅前に大き構への遊技店古書の店などとうに追はれて

切絵図に寺の位置など確かめていざ見む「名山図絵」の文晁の碑を

木立あれば即ち寺の風情にて下谷に画人の跡訪ねゆく

人物誌知るにはその墓碑読むがよし森銑三先生言ひにけらずや

市河米庵の屋敷跡あり文晁の「写山楼」跡いよいよ近し

思ひがけず眼に入る伊能忠敬の大き墓碑その師至時の墓に並びて

幾百の山を描きて倦まざりし谷文晁は脚強き人

脚力が知力支へしよき例か文晁の「山」と忠敬の「地図」

美しき国を説く者先づは見よ忠敬描きしかの輿地全図を

『おらんだ正月』読みしは六十年前のこと父買ひくれし始めての本

文晁の俸祿わづかに五人扶持されど画料は万金を積む

自画像の文晁意外に優男うりざね顔に総髪結ひて

歩みつかれてしばし憩へる「ホンジュラス」古川緑波を見し日もとほく

韃靼蕎麦

朝まだき十勝の川の岸に出づ水勢へる大河の姿

二、三本莨吸ふ間も晴るるなし狩勝峠の霧にぬれゐる

「山女魚鮨売る」と文明詠みしはこの駅かいま新得は蕎麦の町なり

広々と畑あり韃靼蕎麦が咲くヒマラヤ高地に会ひし紅の花

深田先生辿りし山ぞトムラウシわれは硫黄の湯を浴みしのみ

トムラウシ、ニペソツ、ピリベツ、ウペペサンケ北の山の名とりどりによし

常陸・専称寺　　平成二十年

帰らざる覚悟に自ら墓建てて樺太めざしし間宮林蔵

広々と常陸相馬の二万石稔りし米はコシヒカリとぞ

カラフトの島なることを知らしめてしかと描きし「間宮の瀬戸」を

陰多き林蔵の一生を思ふべしフォン・シーボルトを密告したる人物

林蔵が教へを乞ひし景保は獄死し塩漬けの首を切られき

世界の地図に名を残す唯一の日本人間宮は俸禄三十俵にて

B・ブット女史を悼む

死者出でし演説会と聞きて胸さわぐ次ぎて告げくる君は死せりと

演説終へし女史待ちゐしは銃の弾《たま》警備手ぬるしと現地の友は

直線的思考と行動激しき国に何故いのちを惜しまざりしや

死に体の軍事政権捨ておけと友に託せるメールもむなし

郵便を送るは危険《デンジャラス》と弁護士の友出国す行方を告げず

民衆の前に出づるが責務とぞオアシスに会ひし少女は首相たらむと

会津歳晩

妻も子もテレビに明日の天気見る観天望気といふを知らぬか

一心不乱に己の顔をこすりゐる猫すら明日の雨天を告げて

外に立てば今宵まさしくおぼろ月明日の山行あきらめよとぞ

ヒンドゥ・クシュの谷に漆黒の夜をすごし「本当の夜」と言ひしは誰か

商社員の夫に従ひ外つ国に御子ら育てし君は賢夫人

勝千枝子刀自に

戦前のマニラの賑はひ知らざれど海の夕なぎ美しかりき

わが兄の使ひしザイルはマニラ麻亜麻仁油ぬるがわが役目にて

「柊」八十周年

「熊谷と吉田のために」書きしとぞ「柊」初期のエッセイ数篇

深田久彌氏

心の故郷と終生思ひいまししか『きたぐに』に「僕の福井」を収め給ひき

運命的な出会ひなりとも言ひつべし深田、吉田、熊谷、柴生田のかたき友情

「柊」の存亡かけしかの会に誹られし人亡く誹りし人も今病む

意を決し己励まし言ひしこと忘られゆかむ八十年の中の一齣

摩竭の大魚

幾度来ても何故かひかるる布留沙布羅《ぷるしゃぷら》＊テロルの絶えぬ日常なれど

＊ペシャーワルの古称

身毒はインド信度はインダス大河にて玄奘記しき「彼岸見えず」と

摩竭の大魚と書きしは法顕か玄奘か「乾陀羅国《ガンダーラ》」の条《くだり》にその記述なし

摩竭の大魚いかなる魚か一目見む烏萇国《ウジャーナ》の谷けふ溯る
*現在のスワート地方の古称

アレキサンドロス象の火攻めに苦戦せり前四世紀この烏萇国に

倶梨伽羅の火牛の計を言ふわれを一笑に付す祖先ら巨き象使ひしと

烏萇国の河に丈なす魚棲むかと問へば示せり古新聞を

新聞の写真は若き日のこの翁ワイヤーに釣りし大魚を支ふ

あの橋脚の辺りが魚棲むポイントと言へど行き得ず要塞ありて

法顕らうつつに来りし烏萇国誰か釣らぬか摩竭の魚を

かの大魚ワニの類《たぐひ》と説く人ら見給へ水面を大魚跳ぶさまを

バザールの店々菴没羅《あんもら》*を高く積む玄奘来りしその日の如く

＊マンゴーの漢名

バザールに選びし菴没羅三つ四つ朱あり黄あり緑も旨し

菴没羅の平たき種をねぶりつつ露台に過す長き黄昏《たそがれ》

平成二十三年

武四郎の書斎

幕末の蝦夷探検家、松浦武四郎、本邦六十余州の銘木を集め、一畳の書斎を造る

武四郎の一畳書斎は清々し「断捨離」などは笑止千万

かくまでに贅捨て得なば理想境うつつは脛打つ崩れし本に
伊能忠敬逝きたる年に生を承く称へよ単独行の松浦武四郎を
伊能図の山地の空白部究めたりネイティブ・ジャパニーズの助けをかりて
微細なる文字にて記す蝦夷大図アイヌの地名九千を超ゆ
この時代の探検者みな歩測せりチベット高地も蝦夷の奥地も
友ら住む「落部」すでに地図に出づ武四郎は「ヲトスベ」と片假名ふりて
「馬角斎」と称して神田に隠棲し一畳書斎の宇宙愛せり

蝦夷の地を北海道と名付けし人明治の世を生く自由気儘に

渋団扇に友人知己の自署あまたなかんづくシーボルトとモース博士の

人工衛星《ランドサット》の撮りしマップを人言へどケバ描法の蝦夷の図はよし

継ぎ足さば六畳大の蝦夷大図百五十年へて今もうるはし

以上　一一三首

あとがき

この歌集『山雨海風』には、平成十七年から平成二十五年に至る作品五百二十首余りを収めた。『ゼウスの左足』（平成二十二年刊）に次ぐ第五歌集ということになる。

歌集の題名は正岡子規が日清戦争の折、従軍記者として携行した旅行鞄に記した語句「山雨海風」をそのまま借用した。その中の「山」は、父の故郷の会津を、「海」は母の故郷の宮城県の漁港、渡波《わたのは》（現在は石巻市に編入）をひそかに象徴させた。

戦中戦後の六年間を私は、渡波の東方の小集落（沢田）で過した。疎開生活とはいえ、衣食住にも恵まれ、海と山の織りなす大自然の中で、大らかな生活を送ったことが、後年の自分を山好きな、なかんずくヒマラヤ人間に仕立て上げる素地を養ったことは間違いない。ヒマラヤはキチキチした人間には不向きな場所である。

近年、私の身の上に二つの大きな変化が起った。一つは、吉村睦人氏の後を承けて歌誌「新アララギ」の代表となったことである。

元々、発足時から年配者の多かったわが「新アララギ」は、当時の会員が半減してしまい、この危機的な状況をどう打開してゆくかが当面の大きな課題である。

二つ目は平成二十三年三月十一日に起った東日本大震災である。この破滅的な大災害については、同時に起った原発事故と共に、今日に至るまで何十万人もの人々の生活を根底から覆すことになったが、その経過は周知の通りである。

前述した如く、私は戦中戦後の六年間を母の故郷、渡波とその周辺の地方で過したが、この度の大震災より、古くから牡鹿半島の有数の漁港として知られる渡波は潰滅的な打撃を受けた。そこには私の同族が三十家族ほど住んでいた。震災の翌日から、新聞報道で震災犠牲者の一覧が告知されたが、その初めの日に雁部姓の犠牲者の氏名が載っていたのを知った時の驚きは、何と言ったらよいか、表現できない。それからしばらく、連日のように、同族の人々の氏名が発表された。

私はこの数年の間に、何十年も訪れることのなかった疎開地、石巻や渡波の地を繰り返し踏むこととなった。

少年時代に過した自然ゆたかな海と山はどうなったか、それを見ておきたいという素朴な気持が主であった。牡鹿半島を一周し、多くの浦々を訪ねたが、昼日中の街道には人影は全く見当らなかった。ボランティアの姿を見ることもなかったというのが実情であった。

私は小さな浦々の、深い藍の色を湛えた海を見ているだけで十分だったが、歌を詠む者の悲しい性《さが》と言うべきか、手帳にメモの如き歌を書きつけてしまう事となった。それらの作品とも言えぬ歌を公表するに当っては、ほしいままな空想やレトリックを弄ぶような事だけはすまいと自らに課した。

本書所収の作品は「新アララギ」を初め、多くの短歌総合誌に発表したものばかりである。これらの諸歌誌の関係者の皆さんに感謝の意をここに表したい。なかんずく、幾度も拙いわが歌に誌面を提供してくださった短歌研究社の堀山和子氏に厚く御礼を申し上げたい。

本歌集は今回、砂子屋書房の田村雅之氏の熱心な慫慂により同社より刊行の運びとなった。田村氏に刊行の全てをゆだね、その上梓の日を楽しみ俟ちたい。また、装幀の倉本修氏により、この歌集に新しい生命が吹き込まれることをひそかに期待する次第である。

平成二十八年八月十五日
東京、杉並にて記す

雁部　貞夫

〔追記〕

宮城県東松島市在住の雁部那由多君（現・石巻高校一年）は小学校五年生の時に、東日本大震災に遭遇し、生き残った。その後、仲間の中学生と共に、この大災害の「語り部」として活動を続けている。その活動の一端が、今年の二月に『16歳の語り部』（ポプラ社刊）として出版された。ぜひ「大人が見過ごして来てしまった子どもたちのリアルな声」に耳を傾けてもらいたく、ここに紹介する次第である。

終　章

（既刊歌集未収）

平成二十七年

ある年の冬、宮英子氏の数多きシルク・ロードの旅に同行し、扶けし高森和子女史より次の如き書信到来。歌六首を以って応ふ。

＊

永く永くご無沙汰致しました。

私は一塊の崑崙の玉を持っております。新疆哈密市と富山県入善町との友好都市締結の時に哈密市長のモハメティ・バラティさんから貰ったものです。永く寝かせてあったので今、取り出して見るとすっかり色が褪せております。車椅子の人になって三年、八十六歳の山姥です。『岳書縦走』を生涯の一冊とする縁から遺品としてお渡しいたします。首にぶら下げて頂ければ幸せです。またパミール高原の足元にざくざくしている柘榴石の指輪を奥さまに差し上げたいと思います。彼岸へ旅立つ日をいつでも受け入れられるようにとの思いです。返信不要です。どうぞご健康でお元気にお過ごし下さい。秋去冬来

霜月十四日　　　　　　　　　　　　　　高森　和子

崑崙のユルン・カッシュ*に出でし玉君《ぎよく》送り来ぬ形見と言ひて

*漢名・白玉河、崑崙山脈南麓に出づ

山姥と自らを言ひ幾そたび宮女史扶けし西域の旅

くぐもれる白玉つつむ絹の布キルギス少女《をとめ》のまとふ矢絣

わが胸にゆらぐ一片《ひとひら》白玉のうれひ包むと茂吉も詠みき

白玉を掘るはユルン・カッシュのどの辺りスタイン図手に問ひし君はも

落合京太郎先生

西域へ行かず空しき十五年気力残れどわが脚重し

雁部貞夫略年譜

昭和13年（一九三八）
十二月十六日、東京向島に生れた。父武夫（本姓西村、会津若松出身）、母はるい（石巻、渡波出身）の三男。兄二人、弟四人、妹三人あり。父はセルロイド工場主として終始した。

昭和18年（一九四三）　5歳
宮城県牡鹿郡稲井村沢田字折立に疎開。以後六年間同地に居住。戦争の惨禍を直接的に目撃することはなく、村の学童たちと付近の山野をしきりに跋渉した。

昭和20年（一九四五）　7歳
村立金山国民学校入学。

昭和23年（一九四八）　10歳
東京都葛飾区本田木根川町に帰住。同地に父が新工場を建設。

昭和24年（一九四九）　11歳
区立上平井小学校から区立渋江小学校へ転校。担任の竹石浦治先生（のちに書家、古谿と号す）による戦後教育の実践に少年ながら強い感銘を受けた。

昭和26年（一九五一）　13歳
区立中川中学校入学。宮地伸一先生（のちにアララギ選者）に三年間にわたり、国語を学び、同時に作歌の手ほどきを受けた。子規以来のアララギ系諸先進の歌集を読破、特に茂吉の声調に心酔していた。

昭和28年（一九五三）　15歳
宮地先生に連れられ、アララギの東京歌会に出席。土屋文明、五味保義先生を知った。この頃、学業の余暇は野球に熱中していた。また、宮地先生と共に奥多摩、丹沢の山歩きを始め、時に二、三泊の幕営生活に親しむ。

昭和29年（一九五四）　16歳
都立墨田川高校（旧制府立七中）入学。旧制七中時代に五味保義先生が教鞭をとられ、相沢正（アララギ、中支で戦病死）を教えたと、五味先生から伺った。この高校では、中島馨先生（筆名河太郎、のちに和洋女子大学長）から文学的な刺激を受けた。中島先生はこの頃、第一回江戸川乱歩賞を受賞された。この時期、茂吉から文明へ関心が移っていった。

昭和32年（一九五七）　19歳
早稲田大学教育学部国語文学科入学。大隈特別奨学資金を受け、四年間を通じ、かなり大部の国文学関係の古書を購入した。この頃、同級生小田川兵吉（信州岩村田出身）と親交を結び、四季を通し、南北アルプスを中心に山行を重ねた。この前年、アララギへ入会、当初は西村文雄の筆名を用いた。

昭和33年（一九五八）　20歳

大学同期の津田健（のち読売新聞解説室）と奥沢町のアララギ発行所で出会い、以後、同世代の河田柾木、大河原惇行を知る。少し先輩に吉村睦人、岡部光恵両氏がいて、歌会、発行所での校正の手伝いなど行動を共にする。

昭和35年（一九六〇）　22歳

五月にアララギ学生会「ポポオ」を前記の諸氏と結成。各人が一号ずつ、この小歌誌を編集した。十一月に土屋文明先生に従って、前記の諸友と、普門院の伊藤左千夫の墓参を行う。

昭和36年（一九六一）　23歳

早稲田大学卒業。就職試験は、毎日新聞社を受け、一次合格の際に土屋、五味両先生の紹介状を持ってカメラ毎日編集長だった岸哲男氏（アララギ会員、憲吉門下）のお世話になったが、最終選考で落ちた。四月、早稲田大学の大学院（日本文学科）へ進学。窪田章一郎教授のゼミに所属。

昭和38年（一九六三）　25歳

四月から大学院在籍のまま、東京書籍国語編集部に勤務。九月に同社を退社。その間、同社営業部に勤務されていたアララギの先輩、樋口賢治氏に私淑。十月に、千葉県立佐倉高校へ奉職、教師生活をスタート。佐倉高在職中に読売新聞水戸支局に勤務していた津田健をポポオ同人と訪ね、共に落合京太郎先生（当時、水戸家裁所長）を訪問。

昭和40年（一九六五）　27歳

五月から都立南葛飾高校へ勤務。

昭和41年（一九六六）　28歳

七月から九月にかけて、パキスタン側からヒンズー・クシュ山脈の主脈に、日本人として初めて入山。同行、小田川兵吉。この年深田久彌先生の知遇を得る。

昭和43年（一九六八）　30歳

第二回目のパキスタン・チトラル行。同行、橋野禎助、剣持博功（ともに神戸アルパイン・ソサエティ会員）。当時、ヒンズー・クシュ山系で最後の高峰として注目されていたヒンズー・ラジ山脈の主峰コヨ・ゾム（六八八九メートル）を目指した。その詳細は、第一歌集『崑崙行』所収の「コタルカッシュ氷河に友を失う」を参照。

昭和44年（一九六九）　31歳

三月、鶴見輝子と結婚。作家、安川（長越）茂雄夫妻の媒酌によった。四月に都立葛飾野高校へ転勤。父武夫が八月二十六日に死去（享年五十九歳）。日本山岳会のエベレスト登山準備委員を辞す。

昭和45年（一九七〇）　32歳
居を千葉県黒砂から、日野市百草に移すと共に、都立神代高校へ転勤。

昭和46年（一九七一）　33歳
三月、深田久彌先生、茅ヶ岳登山中に急逝。七月から八月にかけて、妻輝子を伴い第三回目のチトラル行。ブニ・ゾム山群東南部のレジュノ・ゴル（谷）源頭から同名の氷河をつめ、五八〇〇メートル峰を試みたが、五〇〇〇メートルで引き返す。斉藤有功、内田務両君（南葛飾高校OB）同行。後半は妻と二人でカフィリスタンに滞在し、民俗調査を行った。この時チトラルで少女時代のブット女史（のちパキスタン共和国首相）と歓談。

昭和47年（一九七二）　34歳
五月、長男楼蘭誕生。

昭和49年（一九七四）　36歳
七月から八月にかけて、チトラルへ入る。主としてカフィリスタンのボンボレット谷で民俗調査を行った。

昭和50年（一九七五）　37歳
七月から八月にかけてチトラルに入り、カフィリスタン行。途中、ラワルピンディで、観光省（登山許可担当）のアワン氏と二日間にわたり、Ｋ２（チョゴリ）登山の交渉。日本ヒンズー・クシュ会議の仲間の意をうけて、許可の打診、情報の収集を行う。Ｋ２登山は二年後に実現。

昭和52年（一九七七）　39歳
七月から八月にかけてパキスタン行。カリッド・カーン（マルダン市、弁護士）、イナムウラー博士（森林局医師）、リアカット・アリ（ペシャーワル大学講師）の三氏とスワート各地のガンダーラ遺跡、マリー高地を旅した。パキスタン人の機微にふれるところの多い、愉快な旅となった。

昭和53年（一九七八）　40歳
三月、深田久彌夫人の志げ子さんが交通事故に遭い、その命終を、小川薫（朝日新聞出版局）、中馬敏隆（千葉大教授）両氏と見守った。七月から八月にかけて、チトラルのウジュヌー・ゴル（谷）へ入り、未踏の鋭鋒サラ・リチ（六二二五メートル）へ試登。冨田浩、後藤一喜（都立神代高校ＯＢ）、佐藤英明（白水社）の三氏が同行。

昭和55年（一九八〇）　42歳
七月から八月にかけて、パキスタン行。カリッド・カーン氏とスワートへ入り、ガブラル谷やガンダーラ各地を旅した。

昭和56年（一九八一）　43歳
三月、八王子市から杉並区成田東（もとの成宗町）へ転居。

昭和57年（一九八二） 44歳

都立神代高校から都立杉並高校へ転勤し、平成三年に退職するまで同校に勤務した。

昭和60年（一九八五） 47歳

七月から八月にかけて、中国西域を広範囲に旅行。山岳写真家風見武秀夫妻による撮影行に同行したもの。北京、ウルムチ、トルファン、クチャ、カシュガル、崑崙山地、蘭州、西寧、青海湖（ココ・ノール）などの各地を約八〇〇〇キロにわたって走向。第一歌集『崑崙行』所収の歌文を参照されたい。

昭和62年（一九八七） 49歳

八月にチトラルへ入り、ティリチ・ゴル（谷）を遡行、さらにティリチ氷河を探った。都立高校の教師仲間である岩切岑泰、山崎和敏、羽野幸春、上原裕二、萱野章二の五氏同行。ブルハーン・ウッディーン氏邸のゲスト・ハウス跡で、二十年前の友人の遺品を回収し、帰国後、橋野、剣持両君のご遺族に手渡すことができた。

なお、作歌については、長い間の中絶を経て、中国西域行から帰国した翌年の昭和六十一年（一九八六）に復活し、現在に至っている。

平成元年（一九八九） 51歳

第一歌集『崑崙行』（短歌新聞社）刊行。

平成4年（一九九二） 54歳

七月末からチトラル最北のシャージナリ谷を遡行し、同名の峠（四二五九メートル）直下に達す。主として峠の西の高地シャー・ガリー（三六〇〇メートル）で幕営生活を楽しむ。同行・妻輝子及び岩切岑泰（山岳画家）。後半はカラコルム・ハイウェイ沿いの古代仏教刻画を撮影した。本書所収の歌文に詳しい。

平成6年（一九九四） 56歳

七月下旬、再度シャージナリ峠を目指し、八月半ばに首尾よく峠に達した。一九六八年のコヨ・ゾム登山の帰途に通って以来、二十六年振りであった。同行・関口磐夫。

平成7年（一九九五） 57歳

七月六日、チトラルのブルハーン・ウッディーン殿下、鉄砲の事故により急逝。

平成8年（一九九六） 58歳

第二歌集『辺境の星』（短歌新聞社）刊行。『ヒマラヤ名峰事典』（平凡社）刊行。

平成9年（一九九七） 59歳

七月下旬からチトラル最北東部のチアンタール氷河（ヒンズー・クシュ山脈最大、最長の33キロメートル）の源流部に達する。一九六七年のドイツ隊は源頭に達しなかった。日本人がこの核心部に入った初めての記録となった。なお、帰途はダルコット峠（四五七五メートル）を二十九年ぶりに越えた。同行・関口磐夫、岩切岑泰ら七氏。チーフ・ガイドは三十年来の友、ババー・ムハメッド。この年「アララギ」が明治末年以来の長い歴史を閉じ、終刊。

平成10年（一九九八）　60歳
「アララギ」の後継誌「新アララギ」（代表・宮地伸一）が創刊、同誌の選者・編集委員となり、今日に至る。

平成11年（一九九九）　61歳
八月、チトラル最北東部のヤルクン河の源頭を探り、カラコルムとヒンズー・クシュの接点であるカランバール峠（四三四三メートル）を越え、カランバール谷を下降し、ギルギットへ出た。同行・曾根脩、関口磐夫ら六氏。

平成13年（二〇〇一）　63歳
宮森常雄氏との共著『カラコルム・ヒンズークシュ登山地図』（ナカニシヤ出版）刊行。この本は翌年の「秩父宮記念山岳賞」の対象となった。

平成15年（二〇〇三）　65歳
八月、再度チトラルのチアンタール氷河を目指し、源頭の一角に立つ（約四七〇〇メートル）。未踏の六〇〇〇メートル峰を数多く撮影することに成功し、帰途はダルコット峠に三度立ち、ギルギットへ下山。妻輝子、曾根脩、市川ノゾムら六氏同行。

平成17年（二〇〇五）　67歳
四月、書評集『岳書縦走』（ナカニシヤ出版）上梓。次いで自選歌集『氷河小吟』（短歌新聞社）刊行。

平成18年（二〇〇六）　68歳
十一月、第三歌集『琅玕』（短歌新聞社）刊行。

平成20年（二〇〇八）　70歳
十二月、『山のひと山の本』（木犀社）刊行。この本の内容は、一九九〇年から二年間、二十四回にわたり、山岳雑誌「岳人」に連載した「岳人岳書録」を集成したもの。

平成21年（二〇〇九）　71歳
五月、『秘境ヒンドゥ・クシュの山とひと』（ナカニシヤ出版）刊行。一九六六年以来、十数次に及ぶ。ヒンズー・クシュ山脈での踏査紀行、山岳誌、探検・登山家の人物誌などを集大成したもの。

平成22年（二〇一〇）　72歳
三月、第四歌集『ゼウスの左足』（角川書店）刊行。

平成23年（二〇一一）　73歳
八月、歌集『ゼウスの左足』により、第十三回島木赤彦文学賞を受賞した。
この年、三月十一日の東北大震災により、かつての疎開地、石巻市郊外の渡波の漁師町が壊滅的な被害を受け、母方の親戚数十名が犠牲となった。

平成24年（二〇一二）　74歳

六月、自選歌集『雁部貞夫歌集』（砂子屋書房）刊行。現代短歌文庫シリーズの一冊。

平成25年（二〇一三）　75歳

十月、仙台市で開催の日本歌人クラブ主催「現代短歌シンポジウム」の担当者として出席、その帰途、東北大震災の被災地であり、戦中戦後の六年間にわたり疎開した宮城県牡鹿半島のゆかりの浦々を一巡することが出来た。同行、妻輝子、今野英山、千葉照子。今野氏の車により、このリアス式海岸の小さな浦々の現状（殆ど復旧していない）をつぶさに実見した。

平成26年（二〇一四）　76歳

「短歌研究」三月号に前年の牡鹿半島をテーマにした特別作品「牡鹿の浦々」五十六首を発表した。

平成27年（二〇一五）　77歳

九月、『『韮菁集』をたどる――大陸の文明と楸邨』（青磁社）刊行。昭和十九年七月、戦争が激化する中を、陸軍報道部員の任を荷って、大陸へ渡った、文明と楸邨の足跡をたどり、これまでに明らかにされていなかった疑問点を多く解明した書。『韮菁集』は単なる大陸詠ではなく、現代史のある面と深く関わることを描き出した。

平成28年（二〇一六）　78歳

十月、第五歌集『山雨海風』（砂子屋書房）刊行。平成二十三年に起った東北大震災関連の作品百数十首を含むが、第二次大戦中に疎開した渡波地区にて、わが同族の人々数十名を含み、約二千人の犠牲者への鎮魂歌集でもあった。

令和元年（二〇一九）　81歳

五月、第六歌集『子規の旅行鞄』（砂子屋書房）刊行。

十月、これまでに刊行した歌集より、ヒマラヤ山岳詠（西域詠も含む）を約千首網羅して、本書『わがヒマラヤ　オアシス・氷河・山々』（青磁社）刊行。

なお、この年、日本山岳会の機関誌「山岳」（明治三十九年創刊）のために、薬師義美の大著『ヒマラヤは黒部から』（茗渓堂刊）について長文の書評を寄稿した。

解説 「わがヒマラヤ」が拓く作品世界

本多 稜

行動は歌を生む。『辺境の星』は時代を超えて輝く歌集だ。平成八年刊行のこの歌集は雁部の第二歌集にあたる。かつての西域の走破、パキスタン北西部の辺境チトラール奥地への山行、日本各地の風土と心を交わす旅など、『辺境の星』の中には広大な空間と時間が広がっている。集中の一首を一つの点とすると、点から線へ、線から面へ、そして時空の高みと深みを増しつつ作品世界が膨らんでゆく。

乳形の葡萄は市にうづたかし耶律楚材の歌に見しごと
上海版湛然居士集よろこびてトルファンの葡萄詠みたまひしに

馬奶子《マーナイズ》。馬乳葡萄とも呼ばれる。貞観十四年（六四〇年）、唐の太宗は西域の高昌国を征服。以来史書に残る名高い「乳形の葡萄」が馬奶子だ。玄奘三蔵は印度への求法の旅の途上、高昌に滞在したが帰路には存在しない国となっていた。今のトルファン近郊である。時は変わってモンゴル帝国の成立期、チンギス・ハーンに仕えた耶律楚材。禅を修め湛然居士の号を持つ。詩人としても名を成し、ハーンの西征に従う中、西域河中十詠を残した。その第三首の尾聯は「西行万余里。誰謂乃良図」。遥か西方に豊かなる地ありと結んでいる。この律詩は「葡萄垂馬乳」と馬奶子にも触れている。目を閉じれば口の中に広がる馬奶子の味。葡萄棚の木蔭のそよ風。どこからか現れたウイグルの少女たちが舞踊を披露し、チップをもらって去っていく。

と、先に挙げた歌からさまざまなことを連想し、気づけば雁部にものがたりを手渡されている。雁部作品は氏の人生の路標でもある。全く別の人生を歩んで来た読者は、雁部の歌に出会い、己の経験との相互作用によって記憶の彼方にある場面を思い起こし、また新しい世界を眺めることになる。

凍てし雪にアイゼン利けばこころよし月はあたかも雲を離れぬ
おのが身体ザイルに繋ぎ寝《い》ねむとす薄明までのあと数時間
氷河の向うに白き山々せり上り吾は近づく胸高なりて
二段《ふたきだ》に崩れし氷瀑百メートル一段のぼりこの日暮れたり

雁部作品の真骨頂は山岳詠。肉体の限界、晒される魂。命を天空にひっかけに行くという行為を、よくぞ歌の姿に収めた。生の横溢がびんびんと伝わってくる。作品群自体が大きな山脈だ。その壮観な風景を麓から眺めさせてもらう。

道の辺に古玉さまざま並べたり悠々と待ち悠々と売る

金銭のすでに用なき土地に入る一日《ひとひ》の労賃は茶のひとつかみ
紅《くれなゐ》の芥子あざやかな村過ぎて氷河抱ける山に近づく
氷蝕の谷奔りくる水清し牛もわれらも相寄りて飲む
電気引き道ことごとく舗装せり年経て来たるオアシスの町

歌に流れる時間に根っこが生えている。じっくりとその土地の香りが作品に練りこまれているのだ。雁部の旅の歌の特徴である。覚悟を持って臨んだ旅。その歌は、時をかけなければ得られない恵みを感じさせる。雁部の旅は、地理上の移動にすぎないものとは次元が違う。旅に出たくても出られない時は、この歌集を手にすれば足る。豊穣なる空間に身を任せる愉悦を知るだろう。

巻末近くの「チトラール風まかせ」という紀行文にも触れておきたい。旅に型というものがあるならば、私はここに一つの完成された型を見る。その時その場でしか味わうことの出来ない僥倖とも言える体験が描かれている。記録としても貴重なものだ。映像的な描写は、読者の眠っていた記憶を呼び覚ます。かつてユーラシアを陸路横断した際、私はカシュガルからパキスタン入りして南下、クエッタでムジャヒディンのキャンプに居候した後、イランに抜けた。二十年以上も前の話だがその記憶が鮮やかに蘇った。そして作者のチトラールの旅を、身近に感じながら思い浮かべると、山上の澄んだ空気と光が胸の中に入り込んでくる感覚を覚えた。

望の月今し立山の上に出づ明日は越ゆべし妻子も共に
男同士などと言ひつつぎこちなし息子伴ふ旅の会話は

オアシスの真澄の空をわたる月宵々仰ぎ飲みき語りき

鬚をもて脂ぬぐひつつ肉食みきチムール汗の末裔君は

書くよりも本探しゐる時多し蟻の巣に似る吾が地下の部屋

「神のまにまに」《インシャラー》祈りて地雷原突破せし一つトラックの十数家族

高昌国亀茲《キジル》崑崙庫車《クチャ》疏勒一生をかけしわが夢の跡

なれてしまへばこれほど美味い物はなし羊の骨付き思ふさま食ふ

山を愛し旅を愛し家族を愛し友を愛す。雁部は人生を愛する歌人である。作品の奥には、作者の微笑が見える。ふところの深い大人の歌だ。他者を拒む独りよがりの男歌ではない。文化は価値の総体。雁部の異文化に対する受容力、寛容性は頼もしいかぎりである。

まれまれに山に湧く雲のかげ恋へど吾が居る谷を覆ふことなし

最後に一首。集中の絶唱。解説はしない。この歌を目にしたとたん私の存在はフンザの地に在ったということだけ述べておく。

あとがき

私は昨年の十二月十六日にようやく八十歳となった。「ようやく」というよりは「ついに」と言うべきかも知れないのだが。

八十代になったら、ヒンドゥ・クシュ山脈の名のある峠を越えて、チトラール（パキスタン北西辺境）における、わが踏査行に一応のピリオドを打ちたいというのが、兼ねてからの願いである。

この峠行は全行程、数百キロに及ぶので、歩き通すのは流石に困難なので、いっそのこと馬に乗って「騎馬行」を試みたい。以前から、私と妻は、かなりの部分はヤクや馬に乗って、山越えや河谷の徒渉も経験ずみなので、高齢者でも、ヒマラヤの旅の醍醐味が十分味わえるに違いない。私の見果てぬ夢の一つである。

今回、私は過去十五回に及ぶチトラール（西域の歌も含む）に於ける踏査行で得た作品を第一歌集『崑崙行』から始めて既刊五冊の歌集から集成し、わが人生のひと区切りとすることとした。

一口に「ヒマラヤ山岳詠」といっても、氷河登高から始まり、山々のピークを攀ずる場面は決して多くはない。又、そうした行為をドキュメンタリー風に詠むのは結構、無味乾燥なものであろう。

私の経験では一つの踏査行でのアプローチ、つまり、キャラバンの旅は往復で約二十日間を要するが、旅のさなかの村々の風物や、そこで出会った人々との交流の中から生まれる歌こそが、「ヒマラヤ山岳詠」の世界に、より豊かな結晶をもたらすのだと思う。ヘリコプターを使って登山のベースへ入り、登山が終ったらすぐさま、飛行機にのり帰国してしまう、そういう登山を私は好まない。そこからは決して歌は生まれないであろう。

私の作品の底には一九六八年にヒンドゥ・ラジ山群の主峰コヨ・ゾム（六八八九メートル）で行方を絶った二人の仲間、橋野禎助と剣持博功を追慕する気持が常にあったことも事実である。

六十代になる頃、私はコヨ・ゾムより更に奥にあるヒンドゥ・クシュ最大最長（三十三キロ）のチアンタール氷河の全縦断を志ざし、一九九七年と二〇〇三年についにその源頭の一角に立つことが出来た。無名の高峰や未踏の山々のパノラマ写真や、これまでよく知られていなかった地形の謎を解明する資料を中心にした『秘境ヒンドゥ・クシュの山と人』（ナカニシヤ出版、二〇〇九年刊）を出版し、いささかヒマラヤ登山史の解明に資することが出来たのは、わが喜びである。

さて、私は前歌集『子規の旅行鞄』（砂子屋書房、二〇一九年五月刊）の「あとがき」の中で次のように述べている。

「本歌集には非常に多くの人名が出てくる。これは自分でも気になるくらいだが止むを得ない。

（中略）本書関連の江戸期の文人、画人、探検家、さらに近現代の登山家や文芸の先達、さらにヒマラヤで遭難して不帰の客となった先達、友人の諸氏は、私にとって歌わずにいられない存在なのである」云々。

右の事情は、「ヒマラヤ」を舞台にしても全く同様である。それは、読者にとって少々繁雑なことになるかも知れないが、お許し願いたい。

本書をお読み下さる人々は、歌の世界の人々とヒマラヤ始め内外の登山に関心を寄せる人々の二つに大別されようか。元々の歌集にそれぞれの期間に実際に行なった踏査行を併載してあったが、今回も原形のまま残すことにした。チトラール地域の主要な紀行文は私以外に執筆した人が少ないので、基本的な文献として随時参照されるものと、思われる。

また、各歌集の跋文は、宮地伸一、吉村睦人、吉田漱、本多稜、来嶋靖生の各氏により執筆されているが、第四歌集『ゼウスの左足』（角川書店、二〇一〇年刊）には、解説（跋文）がないために、三枝昻之氏による書評（新アララギ、二〇一〇年七月号所収）を転用し、これを解説文として掲載させていただいた。

なお、本多稜氏の本書のための総解説とさせていただいた「「わがヒマラヤ」が拓く作品世界」は元々は文庫版『辺境の星』（現代短歌社、二〇一四年刊）のための解説文であったものです。右の諸氏の文章は、それぞれが私のヒマラヤ山岳詠の世界に新しい光をあてて引さった貴重な文章ですが、その中の宮地伸一氏と吉田漱氏は残念乍ら、すでに物故されました。

さいごになりましたが、本書の出版を快く引き受けて下さった青磁社社主の永田淳氏ならびにスタッフの皆さんに厚く御礼申し上げます。さらに、本書のための装幀に格別の工夫をしていただいた加藤恒彦氏に深謝申し上げて「あとがき」の結びと致します。

二〇一九年七月二十八日　東京　阿佐ヶ谷にて

雁部　貞夫

〔追記〕本書のジャケット（カバー）の写真は、一九六八年七月下旬に、ヒンドゥ・ラジ山脈の主峰（六八八九メートル）の初登頂を企だて、北面のペチュス氷河の氷瀑帯（高度約五〇〇〇メートル）を突破する折のもので、向って左の人物は橋野禎助（三十一歳）、右のザイルを点検している人物が雁部貞夫（三十歳）撮影者は剣持博功（二十歳）。

雁部貞夫自選歌集　わがヒマラヤ　――オアシス・氷河・山々

初版発行日　二〇一九年十一月十一日
著　者　雁部貞夫
定　価　三五〇〇円
発行者　永田　淳
発行所　青磁社
京都市北区上賀茂豊田町四〇－一（〒六〇三－八〇四五）
電話　〇七五－七〇五－二八三八
振替　〇〇九四〇－二－一二四二二四
http://www3.osk.3web.ne.jp/~seijisya/

装　幀　加藤恒彦
印刷・製本　創栄図書印刷

ISBN978-4-86198-444-0 C0092 ¥3500E

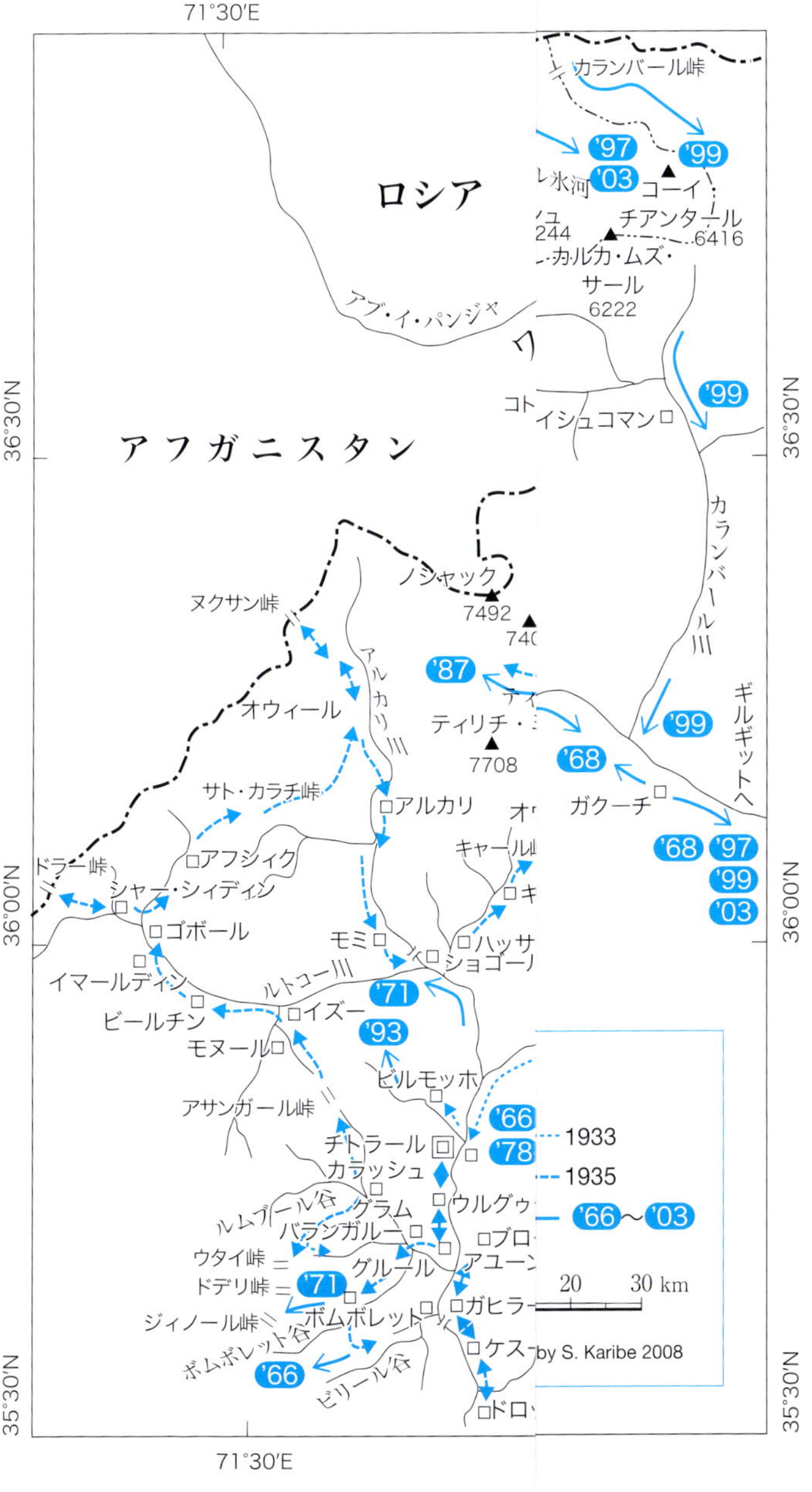
71°30′E
ロシア
カランバール峠
'97
'99
'03
コーイ
チアンタール
6416
カルカ・ムズ・
サール
6222
アブ・イ・パンジャ
アフガニスタン
36°30′N
'99
イシュコマン
カランバール川
ノシャック
7492
ヌクサン峠
'87
アルカリ川
オウィール
ティリチ・
7708
'99
ギルギットへ
'68
ガクーチ
'68
'97
'99
'03
サト・カラチ峠
アルカリ
キャール峠
アフシィク
ドラー峠
シャー・シィディン
ゴボール
36°00′N
モミ
ハッサ
ショゴール
イマールディン
ルトコー川
'71
イズー
ビールチン
'93
モヌール
ビルモッホ
アサンガール峠
'66
1933
'78
チトラール
1935
カラッシュ
ウルグゥ
ルムブール谷
グラム
'66～'03
バランガルー
ブロ
ウタイ峠
アユーン
グルール
ドデリ峠
'71
20
30 km
ジィノール峠
ボムボレット
ガヒラー
ボムボレット谷
ケス
by S. Karibe 2008
'66
ビリール谷
ドロッ
35°30′N
71°30′E

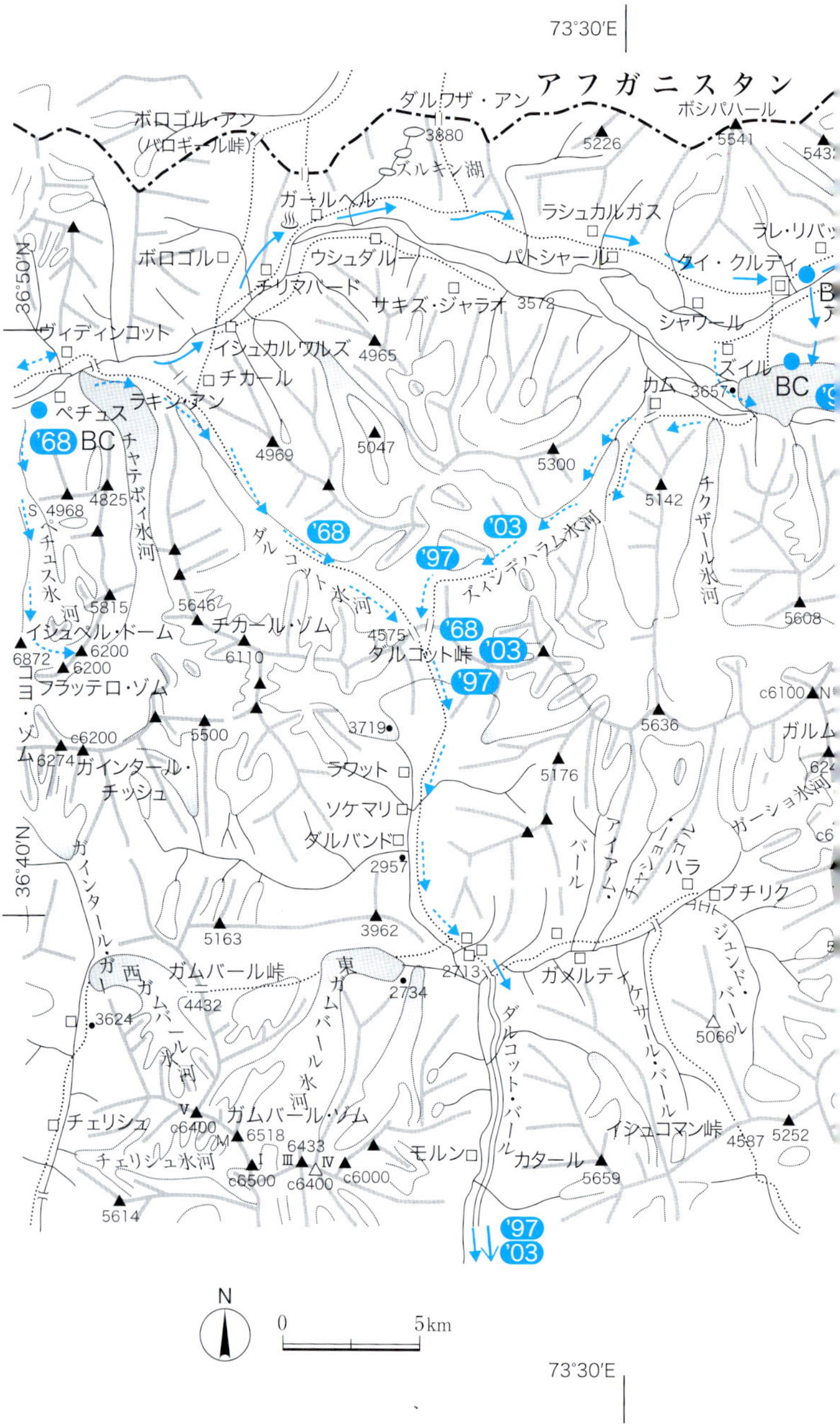

73°30′E
アフガニスタン
ダルワザ・アン
ボロゴル・アン
(バロギール峠)
3880
ズルキン湖
5226
ボシパハール
5541
5432
ガールヘル
ラシュカルガス
ラレ・リバット
ボロゴル
ウシュダルー
パトシャール
タイ・クルティ
36°50′N
チリマバード
サキズ・ジャラオ
3572
シャワール
ヴィディンコット
イシュカルワルズ
4965
ズイル
チカール
カム
3657
BC
ペチュス
ラキン・アン
'68 BC
チャテボイ氷河
4969
5047
5300
4968
4825
5142
S
パチュス氷河
ダルコット氷河
'68
'03
'97
ティンディハラム氷河
チクザール氷河
5815
5646
5608
イシュペル・ドーム
チカール・ゾム
4575
'68
'03
6872
6200
6200
6110
ダルコット峠
'97
コヨ・ゾム
フラッテロ・ゾム
c6100
ガルム
3719
5636
c6200
6274
5500
5176
ガインタール・チッシュ
ラワット
ソケマリ
ダルバンド
ガーショ氷河
アイアム・バール
チャショー・ガル
ハラ
36°40′N
ガインタール・ガー
2957
プチリク
5163
3962
バール
ジュンド・バール
西ガムバール氷河
ガムバール峠
4432
東ガムバール氷河
2734
2713
ガメルティ
3624
ダルコット・バール
ケサール・バール
5066
チェリシュ
c6400
ガムバール・ゾム
6518
6433
M
V
I
III
IV
c6500
c6400
c6000
モルン
カタール
5659
イシュコマン峠
4587
5252
チェリシュ氷河
5614
'97
'03
N
0
5km
73°30′E